隠蜜姫 愛華

◆

八神淳一

コスミック・時代文庫

この作品はコスミック文庫のために書下ろされました。

目次

第一章　愛華姫

一

徳川十一代将軍家斉の世。

美濃高杉藩五万石。村松道場。

守谷辰之介はおなごの門弟と向かい合っていた。おなごとはいっても、相手は高杉藩の姫である。名を愛華という。

「どうした、辰之介っ。今日は変だぞ」

たあっ、と気合をこめて、辰之介は愛華姫に向かっていく。

正眼より振り下ろすものの、ぱんっと弾かれ、すばやく胴を狙われる。辰之介はさっと下がって避けたが、すぐさま追い打ちの小手が来る。それもぎりぎり弾いたが、面を取られた。

寸止めではなく、ぱんっと額を弾かれる。

辰之介はそのままひっくり返った。

門弟たちがいたら、失笑を買うところであったが、居残り稽古(げいこ)ゆえ、姫とふたりだけだ。

「もうよい。ここまでだ」

そう言うと、愛華は背中に垂らした馬の尻尾(しっぽ)のような黒髪を振って、道場から出ていった。

朝稽古のあと、ときどき愛華は居残り稽古をする。そのとき、たいてい辰之介が相手として指名を受けていた。それは、辰之介がばか正直で、姫相手でも手加減しないからだ。

ほかの門弟はどうしても、姫相手だと力を抜いてしまう。それは藩主に仕える藩士の本能のようなものかもしれない。それが、辰之介にはなかった。

辰之介は立ちあがった。鼻をぴくぴくさせる。朝稽古のときは、男たちの汗でむせんばかりだったが、今は、そこに甘い薫(かお)りが混じっていることに気づく。

これは愛華姫の汗の匂いだ。竹刀(しない)を合わせていると、ときおり辰之介の鼻をかすめることがある。そのたびに、股間を疼(うず)かせていた。

姫の汗の匂いは、ほかのおなごたちの匂いとは違っていた。やはり高貴な御方は、汗の匂いから違うのだと思った。

井戸端に行くと、愛華が井戸水を汲みあげていた。

「あっ、私がっ」

まずいっ。姫に井戸水を汲みあげさせてしまった。

あせりつつ駆けよって、私が、と桶を吊っている縄をつかもうとする。そのとき、愛華の手に無骨な手が触れた。

「あっ、申し訳ございませんっ」

と、あわてて手を引く。

すると、うふふ、と愛華が笑った。

「手くらい触れるであろう、辰之介」

「しかし……」

そんなことを言っている間に、愛華が水が入った桶を引きあげてしまう。

私がっ、と汲みあげた桶を手にして、運んだ。

愛華が桶の水に手拭を浸す。そして絞ると、諸肌脱ぎとなった。

辰之介ははっとする。稽古のあと、こうして汗を拭うために、諸肌脱ぎになるのは、いつものことだが、どうしても慣れない。

なにせ、姫の肌があらわになっているからだ。

胸もとは晒を巻いているとはいえ、ふだん決して目にすることのない、鎖骨や二の腕があらわになっているのだ。

この姫の肌を目にすることができるのは、居残り稽古をした相手だけである。

愛華が右の腕を上げた。腋の下があらわになる。和毛が汗でべったりと貼りついている。

なにより、この姫の腋の下に、辰之介はいつも心の臓を高鳴らせた。

腋の下を目にすることができるのは、姫が嫁ぐことになる御方くらいだろう。一介の藩士が目にすることなど、奇跡といってもよい。

愛華は幼きころより剣術が好きで、藩の剣術指南役が師範を務めるこの村松道場の門弟となっていた。だから、辰之介は姫が幼きころより竹刀を合わせていた。

愛華が剣術好きゆえに、眼福にあずかれるのだった。

愛華が右の腋の下を拭い、そのまま二の腕の内側の汗も拭う。そして、今度は左腕を上げる。

「辰之介」

と、名前を呼ばれる。ちらちらと腋のくぼみを見ていたのがばれたのか、と辰之介はあせる。

「はい、姫」

「なにか、悩みごとでもあるのではないのか」

左の腋のくぼみの汗を拭いつつ、愛華が聞いてくる。

「いいえ、なにも……ありません」

愛華が左腕を上げたまま、躰(からだ)を寄せてくる。汗が拭われた腋の下が迫ってくる。

たしかに悩みがあったが、そんなことに関係なく、姫の腋のくぼみに心の臓がばくばく鳴る。

しばし、悩みごとを忘れてしまう。おなごの肌はすごいと思った。白い肌を前にすると、うじうじ考えていた悩みさえ忘れてしまうのだ。

愛華がしなやかな左腕を下ろし、辰之介の顔をのぞきこんでくる。

汗ばんだ美貌(びぼう)が眩(まぶ)しい。あまりの美しさに、息を呑(の)む。

「藩のことか」

と、愛華が聞く。

図星だった。それが顔に出たのか。

「やっぱり、そうだな。辰之介は勘定方だから、金のことか」

「いいえ……なにもありません」

辰之介は否定する。

愛華がまっすぐ見つめている。姫ならではの、澄んだ美しい瞳でのぞきこまれると、なにもかも見すかされてしまいそうな気がする。

「そうか。まあ、よい」

愛華が下がり、鎖骨の汗を拭きはじめた。


辰之介は勘定方である。

手の空いたときに、帳簿をあらたに精査していると、おかしなことに気づいたのだ。

今、城まわりの改修を行っているのだが、以前の相場より、費用が二割ほど高くなっていた。それだけではない。奥向きの費用も一割ほど高くなっていた。ほかも一割ほど以前より上がっている。

これは、もしかして……抜いている者がいるのでは。

最初に考えられるのは、勘定方組頭の牧野忠次である。それに作事方の田端謙吾。

奥向きなら、国家老の権田双吉郎がかかわっているかもしれない。

いや、そもそもこれだけ大胆に抜いているのなら、国家老がかかわっていると考えたほうがよかろう。組頭ひとりでは、これだけのことはできまい。

しかし、国家老がかかわっているとなると、不正を訴え出るところがない。

藩主宮園隆正は今、寺社奉行を務めて江戸にいる。寺社を見はる者が国許の不正も見やぶれないとなると、恥をかくことになり、出世の道が断たれるかもしれない。

かといって、これを見すごすわけにもいかない。

辰之介は姫相手の稽古でも忖度できない、くそまじめな男なのだ。

そんな悩みが稽古に出たのだろう。

さすが、愛華姫だ。辰之介の竹刀の動きで、心の迷いまで当てるとは。

道場を出ると、まっすぐ勘定方に向かった。城の近くに、勘定方が勤める屋敷がある。日課の務めをやり、手が空くと、また過去の帳簿の精査をはじめた。

すると、辰之介の部屋に、組頭の牧野が姿を見せた。牧野が屋敷にいることはめったにない。

「励んでいるか」

と、牧野が聞いてくる。

「それはなんだ」

「いや……過去の帳簿を……」

「なにか、このところ、こそこそ調べごとをしているらしいではないか」

「いいえ……」

誰かが牧野の耳に入れたようだ。思えば、この勘定方の中で、くそまじめな辰之介は孤立していた。

「根を詰めると、躰によくないぞ。近いうちに、飲もうではないか。守谷とは差しで飲んだことがないのう」

「ありがとうございます」

上役の誘いは断れない。辰之介は礼を言う。それになにか不正について知ることができるかもしれない。

どこで飲むかのう、と言いつつ、牧野が出ていった。

夕方、勤めを終えると、辰之介はまっすぐ戻る。

父親を五年前に亡くし、家督を譲り受けてからは、母とふたりで住んでいたが、その母も去年なくなり、今はひとりで住んでいる。通いの女中を雇っているが、一日おきだ。

残り半分は……。

戻って着がえていると、お帰りなさい、と声がして、おなごが入ってきた。

下帯一枚になっていた辰之介は、あっ、と声をあげた。

入ってきたおなごも、あっ、と声をあげる。

おなごは美菜であった。近隣に住む幼なじみで、許婚である。

早坂美菜の父は馬廻役であった。男子はふたりいて、家督に困ることはなかった。辰之介の父と美菜の父はたいそう仲がよく、気づいたときには、美菜は許婚となっていた。

「ごめんなさい……」

と、愛らしい顔をそらし、美菜が部屋を出る。

辰之介はあらたな着物をつけると、隣の部屋に向かう。そこには、膳の用意がしてあった。

一日おきに、こうして美菜が膳を用意してくれていた。来年、祝言をあげることになっているが、まだ口吸いさえしたことがない。

美菜相手だけではなく、辰之介は女人(にょにん)と口を合わせたことがなかった。道場の仲間は、たいてい女郎相手に男になっていたが、美菜という許婚がいる辰之介は岡場所にも興味がなかった。

膳は美菜のぶんも用意してある。いつも、ともに夕餉(ゆうげ)を食べている。

「辰之介様、なにかお悩みでもあるのではないですか」

と、美菜が聞いてきた。

愛華に続けてだ。そんなに顔に出るのか。これでは牧野に知られず、横領について調べるなど無理な気がする。

「いや、なにもないぞ……」

「うそ……悩みがあるって、顔に書いてあります」

そうか、と辰之介は顔を撫(な)でる。美菜がまっすぐ辰之介を見つめている。愛華姫同様、とても澄んだ美しい瞳だ。

許婚の美菜を悲しませてはならぬ、と思う。

牧野に逆らうのではなく、牧野に気に入られるようにふるまったほうが、出世するのではないのか。そうなれば、妻となる美菜も喜ぶだろう。

「ちょっと、お役目が忙しくてな」

「そうですか……」

納得していないような顔をしている。

「手習所のほうはどうだ」

「やっと慣れてきました。慣れてくると、子供たちと接するのが楽しくなってきました」

「そうか、それはよい」

美菜は半月ほど前から、近くにできた手習所で、町人の子供たちに読み書きを教えている。

それから手習所での出来事を、とても楽しそうに話した。こうして美菜の笑顔を見ているときが、辰之介とってはいちばんであった。

幸せだと思う。この幸せを壊すことはしてはならぬ、と思った。

二

翌日の夜。

辰之介は国家老権田双吉郎の屋敷にいた。三番目の側女の紫苑を住まわせている屋敷だ。権田は無類のおなご好きで、正妻に三人の男子がいたが、側女も三人いた。

紫苑は三月前に、側女に迎えられたばかりである。高杉藩の美人番付で西の大関となった茶汲娘で、ひと目で権田が気に入ったのだ。

「どうした。飲め、守谷」

上座の国家老が勧める。隣には紫苑が侍っている。

下座には、牧野と辰之介が座っていた。夕刻、牧野に誘われ、連れてこられたのが、国家老の屋敷であった。まさか、国家老と飲むことになるとは。

きっと、辰之介を懐柔するつもりなのだ、と思った。

「紫苑、酌をしてやれ」

と、権田が言い、はい、と紫苑が立ちあがった。

こちらに寄ってくる。紫苑は色気の塊のようなおなごだ。堅物の辰之介でも、そばに寄られるだけで魔羅が疼いた。

隣に座った紫苑が、膳に置いてある徳利を手にした。

「どうぞ」

と、耳もとで熱い息を吹きかけてくる。

ぞくぞくっとした刺激に、辰之介はひいっと声をあげる。

そんな無粋な辰之介を、権田はにやにやと見ている。

お猪口を手にすると、紫苑が徳利を傾けてくる。注がれた酒を、辰之介はごくりと飲む。するとすぐに、また紫苑が注いでくる。国家老の側女が酌をしているのだ。飲まないわけにはいかない。

牧野はずっと手酌で飲んでいたが、権田は、牧野にも酌をしてやれ、とは言わない。

「ああ、もう……これ以上は」

と、あまり酒に強くない辰之介は、紫苑の酌を断る。

「守谷、紫苑様の酌を断るとは、なにをやっている」

と、牧野が声を荒らげる。

「紫苑、口移しで飲ませてやれ」

と、権田が言う。紫苑は、はい、と返事をして、徳利にじかに唇を寄せていく。

徳利の先端を咥えて、じゅるっと吸う。

「これは……」

牧野が目を見はる。辰之介も紫苑の徳利吸いに釘づけとなっていた。

徳利の先端を唇から引くと、紫苑が妖艶な美貌を寄せてきた。

「い、いけません……いけません、紫苑様」

辰之介は思わず、腰を引く。

「守谷っ、紫苑様の口酌を断るということは、権田様のご好意を無下にするということだぞっ」

と、牧野が声を荒らげる。

今、国家老ににらまれたら、高杉藩では終わりである。横領の証をはっきりとつかんでいない今、にらまれてはいけない。来年、美菜を嫁にするのだ。美菜を悲しませたくはない。

紫苑が辰之介のあごに指を添えてきた。

指をあごに感じただけで、辰之介は固まってしまう。

紫苑が妖艶な美貌を寄せてくる。唇が迫ってくる。

だめだっ。拒むのだっ。はじめての口吸いは美菜とするのだっ。この年までおなご知らずで来たのだ。なにもかも、はじめては美菜にしたい。

拒めっ。拒めっ。動かない。躰が動かない。

紫苑の唇が口に触れた。唇を開き、酒を注いでくる。辰之介は閉じたままだ。酒がこぼれていく。

「なにをしているっ」

と、牧野がどなりつける。

「その酒は我が藩で作られた清酒であるぞ。こぼすとはなにごとだ」

と、権田が言い、辰之介はあわてて口を開く。すると、すかさず酒が注ぎこまれる。それだけではなかった。

紫苑の舌が入ってくる。ねっとりと、辰之介の舌にからませてくる。

紫苑の舌を感じた刹那(せつな)、辰之介の躰は震えた。気持ちよかった。

口吸いというものが、こんなに躰を熱くさせるものだったとは。

しかも、相手は好いたおなごではないのだ。相手が美菜であったら、もっと気持ちよいのだろうか。

紫苑はぴったりと唇を重ね、舌をからめてくる。

権田の前なのに、よいのだろうか。いや、そもそも、口移しで飲ませろ、と命じたのは権田なのだ。側女の紫苑はそれに従っているにすぎない。

ようやく、紫苑が唇を引いた。唾液(だえき)が糸を引き、それを紫苑が色っぽく啜(すす)った。

「どうだ、紫苑の唾入りの酒は」

「たいへん、おいしいです」

「そうであろう。許婚の唾と比べてどうだ」

と、権田が聞く。

「えっ、美菜のことですか……」

「そうだ。美菜といったな。どうだ、美菜の唾は。甘いか。紫苑とどっちが甘いか」

「い、いや……まだ美菜とはそのようなことは……していません」

「許婚であろう」

「はい……」

「もしや、まだまぐわっておらぬのか」

「はい……」

「たいそう、美形であったよな」

と、権田が牧野に問う。

「はい。美形でありつつ、愛らしい顔立ちをしております」

「そうか。それはよいな。なぜ、まぐわわぬ」

「そ、それは……」

「お主、もしかして、おなご知らずか」

「は、はい……」

「そうか」

ばかにされるかと思ったが、そんなことはなかった。

「わしも口移しで飲みたくなったぞ、紫苑」

と、権田が側女を手招きする。紫苑は妖しく潤ませた瞳で辰之介を見つめ、美貌を寄せると、ちゅっとくちづけてきた。

「ほう、妬けるな」

辰之介はあわてて口を引く。このようなことで、国家老の怒りを買いたくはない。

紫苑が立ちあがり、権田のもとに戻っていく。辰之介はほっとする。が、口に紫苑の唇のやわらかな感触が残っている。

「どうぞ、お殿様」

と言って、酒を口に含むと、紫苑が権田に唇を寄せていく。

側女に、お殿様、と呼ばせているようだ。たしかに藩主不在のなか、国許では権田が殿様である。

「うんっ、うんっ」

権田がうまそうに、側女の唾入りの酒を飲んでいる。

身八つ口から手を入れる。

「う、うっんっ」

紫苑が口吸いをしつつ、うっとりとした横顔を見せる。その表情に、辰之介は視線を奪われる。

そして、勃起させていることに気づいた。国家老のいちばん新しい側女と舌をからめ、乳揉みされているところを見て、大きくさせてしまった。

「あ、ああ……お殿様……」

唇を引くと、紫苑が甘い喘ぎを洩らす。

「牧野、守谷、紫苑の乳を見たいか」

身八つ口より手を入れたまま、権田が聞く。

「見たいですっ」

と、牧野が身を乗り出す。

「守谷、おまえはどうだ」

「私は、もう、これで……失礼させていただいて、よろしいでしょうか」

「なにを言っているっ、守谷っ」

牧野がものすごい形相でにらみつける。

すると権田が紫苑の小袖に手をかけ、諸肌脱ぎにした。

たわわな乳房があらわれ、腰を浮かせかけていた辰之介の躰がまたも固まる。

権田が背後より、紫苑の乳房を鷲づかみにする。

「あうっ、うんっ……」

紫苑が形のよいあごを反らせ、白い喉を艶めかしく震わせる。

権田は無骨な手で、白いふくらみをこねるように揉んでいく。

「どうだ、紫苑の乳は」

「ああ、なんとも素晴らしいです」

息を荒らげ、牧野が答える。

「守谷、おまえはどう思う。乳をはじめて見るのではないか」

「は、はじめて、です……」

大人のおなごの乳房を目にするのは、はじめてだ。いつも、愛華姫の晒の中を想像しては、いかん、と首を振っていたが、目の前で揉みしだかれている乳房は、想像をはるかに凌駕していた。

この世に、このように美しくもそそるものがあるのだろうか、と思った。

辰之介は思わず、食い入るように見てしまう。

「はあっ、ああ……」

紫苑が火の息を吐く。乳首がみるみるぷくっととがっていく。

権田はたわわなふくらみを掬いあげ、見せつけるように揉んでいく。

「あ、ああっ、ああっ」

静まり返った座敷に、紫苑の甘い喘ぎだけが流れている。

「いつも以上に感じているようだな、紫苑」

と、権田が言う。

「守谷様の目に……ああ、躰が……熱くなるのです」

妖しく潤ませた瞳で辰之介を見つめ、紫苑がそう答える。

「そうか。はじめて乳を見るそうだ。おまえの乳が、たいそう気に入ったようだな」

辰之介は紫苑の乳房から目を離せなかった。国家老の無骨な手で揉みくちゃにされている白いふくらみを、息を呑んで見つめている。

愛華姫の乳房も、あんなに美しくそそるものなのだろうか。姫の乳房なら、もっと形よく張っているに違いない。

美菜はどうだろう。美菜の乳は豊かなのだろうか。胸もとは張っている気がする。これまで、美菜の躰をそういう目で見たことはなかった。美菜とは楽しい話をしているだけで幸せだった。

でも美菜にも、紫苑のような乳があるのだ。見たいっ、美菜の乳房も見てみたい。見るだけではなく、ああやって、揉んでみたい。揉みしだいてみたい。

「あ、ああ……守谷様の目が……ああ、ああ……」

紫苑はずっと辰之介を見つめている。半開きの唇がなんとも悩ましい。そこから洩れる喘ぎ声がたまらない。

権田が紫苑のとがった乳首を摘まんだ。ふたついっしょに、こりこりところがす。

「あっ、ああっ、あ、あんっ」

「ほう、今宵はかなり感じるようだな」

側女の乳首をいじりつつ、権田も辰之介に目を向ける。

「あ、ああっ、あああっ」

紫苑の躰が震えはじめる。

「気をやるか、紫苑。乳首だけで気をやってみせるか」

権田がぎゅっと乳首をひねった。

「あうっ……い、いく……」

紫苑が辰之介と牧野にいき顔をさらした。

それは震えが来るほど美しく、辰之介の股間にびんびん来ていた。見ているだけで、危うく射精しそうになった。

三

辰之介は湯船に浸かっていた。国家老の側女の屋敷の湯船だ。

かなり酔いがまわっていて、牧野とともに帰ろうと立ちあがったとき、頭がくらくらして、倒れてしまったのだ。

気がついたときには枕に頭を乗せて、座敷に眠っており、そばで紫苑が見守っていた。

「今宵は泊まっていってください。お殿様の言いつけです」

と、紫苑に言われ、そのまま湯殿に案内されたのだ。

戸が開き、紫苑が姿を見せた。白くて薄い布で、胸もとから下を覆っていた。

湯殿には明かり取りがあり、そこから月明かりが入ってきて、白く薄い布で包まれた紫苑の躰を、とても妖しく浮きあがらせていた。

「お湯加減は、いかがですか」

「よいです。ありがとうございます」

「それはよかった。では、お背中を流させてください」

と言うと、紫苑が薄い布を躰から滑らせていった。

たわわな乳房だけではなく、平らなお腹、そして恥毛に飾られた恥部やむちっと熟れた太腿まで、紫苑のすべてがあらわれた。

特に目を引いたのは、割れ目であった。紫苑の陰りは薄く、おなごの縦のすじが剝き出しとなっていたのだ。

ああ、あれが、女陰の入口。

その割れ目が迫ってくる。

「さあ、上がってください」

と、紫苑が右手を伸ばしてくる。豊満な乳房も迫ってくる。

「し、紫苑様……いけません……私のようなものの背中を流すなど……恐れ多いです」

「これは、お殿様の言いつけなのですよ、守谷様」

「国家老の……」

さあ、と手を伸ばされ、辰之介は紫苑の手をつかみ、立ちあがった。すでに、魔羅は天を向いていた。

紫苑が抱きついてきた。たわわな乳房が胸板に押しつぶされ、反り返った魔羅が恥部に挟まれる。

「紫苑様っ、いけませんっ」

辰之介はあわてて腰を引いた。すると、紫苑が魔羅を握ってきた。

「ああ、なんともたくましい魔羅ですね、守谷様」

火の息を吐き、ぐいぐいしごいてくる。

「ああっ、いけませんっ。そんなこと、なされてはっ」

辰之介も手すさびの経験はあった。同じ魔羅をしごくのでも、おなごにしごかれるのは、自分でしごくのとは比べものにならないくらいの快感を呼んでいた。

どろりと大量の我慢汁が出てくる。

「ああ、いけませんっ」

出るっ、と思った刹那、紫苑がさっと手を引いた。我慢汁を胴体まで垂らしながら、魔羅をひくつかせる。

紫苑は辰之介にむちっとあぶらの乗った双臀を見せつけて、湯殿の端へと歩く。一歩足を運ぶたびに、尻たぼがぷりっとうねる。辰之介は魔羅をひくつかせつつ、惚けたような顔で見ていた。

乳房も素晴らしいが、尻のうねりもそそることを知る。

おなごの躰というのは、乳も尻も男を惑わすものなのだ。

紫苑が変わった形の腰かけを手にした。こちらに戻ってくる。今度は足を運ぶたびに、豊満な乳房がゆったりと揺れる。

それだけではない。剝き出しの割れ目も誘っている。

紫苑は背中を流すと言っている。背中を流すだけだ。それだけだ。が、それ以上の期待に、さらなる我慢汁を出してしまう。もう、反り返った胴体は真っ白だ。

辰之介の足下に、紫苑が腰かけを置いた。へこんだ形をしている。

「さあ、座ってください」

と、紫苑に言われ、辰之介はへこみに座る。

すると、紫苑が背後にまわった。視界から乳房も割れ目も消えたが、すぐにあらたな刺激を受けた。

両手で背中を撫でられたのだ。

「あっ……」

不覚にも、辰之介は声をあげてしまう。

紫苑は辰之介の背中を素手で撫でてくる。これが背中を流すということなのか、その手が前にまわってきた。乳首をなぞられた。またも、

「あっ」

と、声をあげてしまう。

そのまま乳首を摘ままれた。権田の指で紫苑がされたように、こりこりところがされる。

すると、せつない刺激を覚えた。

「あっ、ああ……」

またも不覚を取ってしまう。

これはなんだ。なにゆえ、乳首で感じるのだ。ありえぬ。わしはおなごではな

いのだ。

辰之介の敏感な反応に煽られたのか、それとも予想どおりなのか、紫苑は乳首をこりこりといじりつづける。

右の乳首をいじりつつ、左の乳首から手が離れた。腹を撫で、ひくつく魔羅をつかんでくる。

我慢汁まみれの先端をつかみ、手のひらで撫ではじめた。

「ああっ」

辰之介の声が湯殿に響く。なにゆえ、こんな声が出てしまうのだ。おなごにいじられて声を出すなんて、武士にあるまじきことだ、と口を閉じる。

が、紫苑はさらなる刺激を辰之介の躰に送ってきた。

右の乳首をいじり、魔羅の先端を撫でまわしながら、うなじをぺろりと舐めてきたのだ。予想外の愛撫にまたも、

「ああっ」

と、声をあげてしまう。最悪であった。このような姿、権田に見られたら、もう横領を正すどころではなくなる。

「紫苑様、もう、けっこうです……」

「まだ、ぜんぜん背中を流していませんわ、守谷様」

うなじを舐めていた舌が、下がりはじめる。ぞくぞくした刺激に、辰之介は躰を震わせる。我慢汁はさらに出て、手のひらで撫でられるたびに、ぬちゃぬちゃと音まで立ちはじめる。

紫苑の舌が背中を下がっていく。と同時に、右の乳首をひねられた。

「あうんっ」

不意をつかれ、またも声をあげてしまう。

これではおなごではないか。まさか、男の身であるわしが、おなごのような声をあげてしまうとは。

ずっとおなご知らずで生きてきて、躰が変になってしまったのではないのか。

鎌首(かまくび)を撫でていた手が離れた。ほっとしたのも束(つか)の間(ま)、その手が、いったん下がると、へこみの下から尻の狭間(はざま)を撫でてきた。

「ああっ」

肛門を指の先でなぞられ、またも声をあげてしまう。

魔羅がひくひく動く。もう、いつ射精させても不思議ではないが、このまま勝手に出してしまったら、武士として恥である。

紫苑は背中を舐めつつ、右の乳首をひねりながら、肛門をくすぐってくる。

「ああ、ああ、紫苑様……これは……」

「かなり気持ちがよろしいようですね、守谷様」

「ああ、ああ、ああっ」

恥ずかしいが、おなごのような声を抑えられない。

「もうけっこうですっ……ああっ、充分、背中を……ああ、流して、ああっ、もらいましたっ」

魔羅は触られていないのに、出そうになっている。それだけは避けたい。が、乳首も肛門も気持ちよい。

紫苑がぞろりと耳たぶを舐めてきた。

その刹那、辰之介は暴発させた。

「おうっ」

と叫び、精汁を噴射する。紫苑は構わず、乳首と肛門をいじり、耳たぶを舐めつづける。

「おう、おうっ」

どくどく、どくどくと精汁が噴射する。触っていないのに出すなんて、はじめてであった。

ようやく、脈動が鎮まった。

「あっ、申し訳ありませんっ。権田様の湯殿を汚してしまうなんて、なんてことをっ」

辰之介は立ちあがり、桶を手にする。湯船のお湯で流そうとしたが、その前に紫苑が洗い場に這いつくばり、辰之介が出した精汁を舐めはじめた。

「な、なんと……」

これには驚いた。紫苑はぺろぺろ、ぺろぺろと精汁を舐め取っていく。

「紫苑様っ、汚いですっ。洗い流しますからっ」

そう言うと、紫苑が妖艶な美貌をあげて、どうしてですか、という目を向けてくる。

「殿方がお出しになった精汁は、おなごの躰にとてもよいのです。流すなんて、もったいないです」

真にそうなのだろうか。おそらく、権田にしつけられているのだろう。

ここまでしつけるとは、さすが国家老である。辰之介など、相手にならない気がする。横領の件を訴え出ても、辰之介がつぶされるだけであろう。

洗い場に出したおのが精汁を、丁寧に舐め取っている側女を見ていると、あらたな劣情の血が股間に集まってくる。

舐め終えた紫苑が美貌を上げた。

「あら、もうそんなに」

と言うと、膝立ち(ひざだ)で辰之介の股間に寄ってきた。

四

はやくも、辰之介の魔羅は反り返っていた。たった今、大量の精汁を出したばかりであったが、見事な勃起を遂げていた。

「なんとたくましい御方」

火を吐くようにそう言うと、美貌を寄せてきた。

あっ、と思ったときには、裏すじをぺろりと舐められていた。

「ううっ……紫苑様」

紫苑は裏すじを舐めつつ、右手を股間に伸ばし、蟻(あり)の門渡(とわた)りをなぞってくる。

「ああっ、そこ……」

気持ちよくて、辰之介は腰をくねらせる。

またも、紫苑が先端を咥えてきた。くびれで唇を締めている。と同時に、蟻の門渡りから伸ばした右手の先で、またも肛門をくすぐってきた。

「ああ、ああ……」

また、紫苑に翻弄(ほんろう)されていく。

根元まで咥えてじゅるっと吸うと、こたびはすぐに美貌を引きあげた。

これで背中流しは終わったのか、とほっとしたが、違っていた。

「どのような形がよろしいですか」

と立ちあがり、乳房を辰之介の胸板に押しつけながら、紫苑が甘い声で聞いてきたのだ。

「形……」

「はい。どのような形で、紫苑の女陰に入れたいですか」

「入れるって……」

「もちろん、このたくましい御魔羅です」

と、反り返った魔羅をつかみ、ゆっくりとしごいてくる。

「い、いや……紫苑様、そなたは権田様のお側女様ではないですか……背中を流していただいただけで充分です」

「ああ、私のこと、お嫌いですか」

と、紫苑が泣きそうな表情を見せる。

「ま、まさか、そのようなことは、ありません……」

「では、私の女陰に入れてくださいませ」

ぐりぐりと乳房をこすりつけてくる。乳首と乳首がこすれて、躰がけだるく痺(しび)れる。

「しかし、私には許婚がいるのです」

「でも、許婚の方とはまだ口吸いもなさっていないと」

「そ、そうですね……」

「では、ぜひとも紫苑に入れてくださいませ。紫苑で男になってくださいませ。そうするようにと、お殿様に言いつかっております」

権田の言いつけに従い、紫苑は辰之介とまぐわおうとしているのだ。

その理由は間違いなく、口止めである。

こうして、側女をよこしていることこそが、権田にうしろめたいことがある、なによりの証である。

　ここでまぐわえば、権田を訴えることはできなくなる。なにより、許婚の美菜を裏切ることになる。それだけはいやだ。

　紫苑がしゃがんだ。反り返った魔羅をたわわな乳房で挟んでくる。

「な、なにを……」

　挟んだ魔羅を、豊満なふくらみでこすりあげはじめる。

「あ、ああっ、それは……」

　魔羅全体が紫苑の乳房に包まれ、とろけそうになる。

　さきほど出していなかったら、すぐに発射して、紫苑の美貌を汚していただろう。

　紫苑は乳房を上下させつつ、先端に舌をからませてくる。

「あ、ああっ、いけませんっ」

　紫苑が立ちあがった。

「どのような形で入れますか」

「いや、それはならんっ。それだけはならんのだっ」

「やはり、紫苑のことがお嫌いなのですね」

　驚くことに、紫苑の瞳に涙がたまり、ひとすじ流れはじめた。

「し、紫苑様」

辰之介は、本手で、と言いそうになる。

すると辰之介の脳裏に、美菜の顔が浮かぶ。美菜も泣きそうな顔をしている。

そして、愛華の美貌も浮かんできた。

「姫……」

とつぶやくと、紫苑が驚きの表情を浮かべた。

愛華姫が辰之介をにらみつける。

「姫っ、違うのですっ……」

辰之介はかぶりを振る。

「守谷様……」

と、紫苑が案じるような目を向けてくる。

「姫っ、違うのですっ。わしはこのようなことで、屈するような男ではありませんっ」

辰之介は紫苑を突き飛ばした。あっ、とたわわな乳房を揺らして、紫苑が膝をつく。辰之介の脳裏から愛華の美貌が消える。

「あっ、紫苑様っ」

辰之介はあわててしゃがむ。紫苑の肩をつかむ。

「どのような形で入れたいですか」

紫苑がまた誘ってくる。

「それはできません」

「紫苑に入れたくないのですか」

入れたい。でも、できない。入れたら美菜が、なにより愛華姫が怒る。

「すまないっ」

辰之介は深々と頭を下げると、魔羅を揺らして湯殿を出た。

五

「突きっ」

愛華の突きが辰之介の腹に炸裂(さくれつ)した。

辰之介は突かれるまま、吹っ飛んだ。

「守谷っ」

と、門弟たちが驚きの顔で声をかける。

稽古のときは寸止めである。が、愛華は容赦なく、辰之介の腹を突いていた。

そして、辰之介はそれを甘んじて受けていた。

昨晩の紫苑とのことがずっと頭にあった。いや、躰に、魔羅に残っていた。

道場に行くとき、表を掃いている美菜と会った。美菜はさわやかな笑顔で挨拶してきたが、その清廉な笑顔を見るのがつらかった。

挨拶の返事もせず、逃げるように美菜から離れた。

そして、朝稽古でも愛華姫と対峙しているだけで、すべてを見すかされているような気になり、突きを受けてしまった。

「立てっ、守谷っ」

と、愛華が仁王立ちで命じる。

辰之介は立ちあがり、竹刀を構える。するとすぐに、愛華が面を打ってきた。

最初の面は受け止めたが、小手を狙われ、それを受けようとした刹那、すばやく面を打たれていた。

脳天に衝撃が走り、辰之介は崩れた。

「守谷っ」

と、門弟たちの声が飛ぶ。

「守谷っ、居残り稽古だっ」

と、愛華が美しく澄んだ瞳で辰之介を見下ろし、そう叫んだ。

もしや、愛華は昨晩の湯殿でのことを知っているのではないか、と辰之介は思った。

いや、さすがに知ることはないだろう。

稽古を終えた門弟たちが井戸端に向かうなか、辰之介は愛華とふたりだけ道場に残る。

「昨日より悩みごとが大きくなったようだな、辰之介」

ふたりきりのときだけ、愛華は辰之介と名前で呼ぶ。

「いいえ、なにも、ありません……」

「私にうそは通用しないぞ、辰之介」

愛華が馬の尻尾のような髪を揺らし、迫ってくる。

面を受けるも、すぐに胴を払われる。うぐっ、と片膝をつくと、うなじをたたかれた。

「どうした、辰之介っ。なにがあったっ」

「いいえ、なにも……」

それから小半刻ほど、一方的に攻められた。

「ここまでだっ」

と、愛華が井戸端に向かう。遅れて辰之介も向かうと、すでに愛華は諸肌脱ぎとなっていた。

白い晒に包まれた胸もとを目にするだけで、昨夜の紫苑の巨乳がとても鮮明に脳裏に浮かんだ。

愛華姫の乳房も、紫苑のような形をしているのだろうか。姫の乳首も勃ったりするのだろうか。

姫を前にして、あらぬことを想像してしまい、そんな自分を辰之介は責める。

「悩みというのはお務めの悩みか、それともおなごがらみか」

二の腕を上げて、右の腋の下を見せつけながら、愛華が聞いてくる。愛華は汗を拭っているだけだろうが、見せられるほうはたまらない。しかも甘い汗の匂いが、今日はいちだんと強く薫ってきている。

「それは……」

辰之介は言いよどむ。お務めの悩みであり、おなごがらみの悩みでもあったからだ。いわば、どちらも合っている。

辰之介も諸肌脱ぎとなり、手拭で汗を拭いはじめる。

「美菜を泣かせてはならぬぞ」

そう言いながら、左の腕を上げて、腋のくぼみの汗を拭っている。

「なにもないですから」

「私は我が藩の姫だぞ。姫にも言えないことか」

腋から二の腕の汗を拭いおえ、愛華が躰を寄せてくる。

晒に包まれた胸もとが迫り、辰之介は生唾を飲みこむ。どうしても、昨晩見た紫苑の乳房が浮かぶ。昨晩は挟まれたのだ。

「そんなに晒の中が気になるか、辰之介」

「えっ、い、いや、とんでもありませんっ」

辰之介はあわてて愛華の躰から視線をそらす。思わず、じっと見ていたようだ。

「誰かの乳を見たのか」

「いいえ……」

愛華に視線を戻すと、自然と晒のふくらみに目が向いてしまう。

これは男の性（さが）なのか。姫の胸もとが大きすぎるためか。

「そんなに見たいか、辰之介」

「い、いいえ……姫様の乳を見たいなど……そのようなことはありませんっ」

「見たいのだな」

「いいえっ」

辰之介は手拭で胸板の汗を拭う。すると乳首を強くこすってしまい、せつない刺激が走った。昨晩、紫苑にいじられて声をあげてしまった乳首だ。

「あっ……」

思わず、声をあげてしまう。

「どうした、辰之介」

と、愛華が不審な目を向ける。男である辰之介が自分で乳首をこすって感じているなど想像もつかないだろう。

辰之介自身、昨晩まで男が乳首でも感じるなど考えてもいなかったことだ。いや、男なら誰でも感じるのだろうか。

「おまえは今、乳首を出しているだろう」

と、姫に乳首のことを言われて、辰之介はうろたえる。

まさか、乳首で感じたことを、姫に知られたのでは……。

「おなごだからといって、乳首を出して悪いことはないだろう。私も胸の汗を拭いたいのだ」

そう言うと、愛華が胸もとの晒を解きはじめた。

「姫っ、なにをなさっているのですっ」

「乳を見たいのであろう」

「いいえっ」

愛華の胸もとから晒が取られた。

「姫っ」

たわわな乳房があらわになった。

見てはならぬっ、と辰之介は咄嗟に視線をそらした。

が、それはほんの一瞬であった。すぐに、愛華の乳房に視線を戻していた。

愛華は胸を張っていた。両腕で隠すのなら、そもそも取っていないだろう。

「やはり晒を取ると、気持ちがよいな」

「そ、そうですね……姫……」

愛華の乳房は想像以上に豊かだった。紫苑と変わらないくらいにたわわに実っていた。

なにより形が素晴らしかった。お椀形（わんがた）というのだろうか。美麗な形を見せつけていた。

愛華がその場にしゃがみ、手拭を桶の水に浸す。

辰之介は上から、愛華の乳房を見下ろすかっこうとなる。

ああ、なんて乳なのだ……。

手拭を絞ると、愛華は立ちあがった。辰之介に背を向けることなく、乳房の汗を拭いはじめる。

美麗なお椀形が、形を変えていく。

辰之介は惚けたように見つめている。

「ああ、乳が解放されたようで、気持ちよいな」

「そ、そうですね……」

「なにをしている。おまえも汗を拭え」

はい、とあわてて胸板の汗を拭う。するとまた、乳首をこすってしまう。

「あっ」

と、声をあげてしまう。まずい、と思ったが、愛華も、

「あんっ」

と、甘い声をあげたのだ。

これには驚いた。辰之介だけではなく、愛華自身、戸惑った表情となっている。

そのまま乳房の汗を拭うと、また、

「はあっんっ」

と、甘い声を洩らした。

「どうなさいましたか、姫」

わかっていて、聞いていた。姫の口から聞きたかったのだ。

「なにがだ」

と、愛華が言う。その頰が赤らんでいた。

そして、辰之介に背中を向けた。

「姫っ」

「なんでもない……」

愛華の背中はほっそりとしていた。腰が折れそうなほどくびれている。

こんなに華奢な躰をした姫相手に負けていたのだ。

「姫、大丈夫ですか」

「大丈夫だ……あ、あんっ」

と、またも甘い声を洩らす。乳首で感じているのはもうわかっているはずなのに、背中を向けたまま、乳房の汗を拭いつづけている。

いや、もう乳房を愛撫していると言ってよいかもしれない。

「こ、これは……なんだ……」

あ、ああっ、と甘い声が聞こえる。

見たいっ、正面から愛華の乳房を見たい。乳首がどうなっているのか見たい。

愛華はしゃがむと、解いたばかりの晒を手にした。そして背中を向けたまま、胸もとに巻いていく。

そして立ちあがると、正面に向きなおった。

辰之介は、あっ、と声をあげていた。

愛華の瞳が妖しく潤んでいたからだ。

姫のこんな目、はじめて見た。

愛華も年ごろのおなごなのだと実感した。

第二章　裏帳簿

一

辰之介はまた国家老の側女（そばめ）の屋敷に呼ばれていた。

一介の藩士が断ることなどできず、辰之介はお勤めのあと、ひとりで屋敷を訪ねていた。

「守谷、紫苑の誘いを断ったそうだな」

座敷に入ってすぐ、権田に聞かれた。権田の隣には紫苑が侍（はべ）り、酌（しゃく）をしていた。

上座の権田と下座の辰之介の前に、豪華な膳（ぜん）が置かれていた。

「申し訳ございません。私には許婚（いいなずけ）がおりまして……」

「だから、どうした」

「いや、その……権田様のお側女様と……その……」

「紫苑の穴には入れたくないか」

「い、いや、そういうわけでは……ありません……」

「紫苑、おまえの穴を見せてやれ」

上物の下り酒をごくりと飲み、権田が紫苑にそう言う。

紫苑は、はい、と返事をすると、立ちあがった。そして、小袖の帯に手をかける。

「権田様……私には、許婚がおりますっ」

「そうか」

紫苑が帯を解いた。小袖を躰の線にそって滑らせると、いきなり裸体があらわれた。

たわわな乳房はもちろんのこと、すうっと通った割れ目まであらわれた。

紫苑が白い指を割れ目に添えた。そして、くつろげはじめた。

真っ赤な花びらがのぞき、辰之介は目を見はる。

「こ、これはっ」

「守谷様、こちらに」

と、右手の指で割れ目を開きつつ、左手で紫苑が手招きする。

辰之介はにじり寄っていく。辰之介の目には、真っ赤な花びらしか映っていない。

紫苑がさらに割れ目をくつろげる。おんなの粘膜が奥まであらわになる。幾重(いくえ)にも連なった肉の襞(ひだ)がざわざわと蠢(うごめ)き、辰之介を誘っていた。

これが女陰(ほと)。これが穴。ここに魔羅(まら)を入れるのか。見るからに気持ちよさそうだ。

「ああ、どうですか、紫苑の女陰は」

甘くかすれた声で、紫苑が聞く。国家老のそばで、一介の藩士相手に女陰をさらして、かなり昂(たかぶ)っているようだ。

「ああ、きれいです……」

「それだけ、ですか……」

紫苑の女陰がきゅきゅっと動く。と同時に、むせんばかりの牝(めす)の匂いが、辰之介の顔面を包んでくる。

「あ、ああ……見ていると、吸いこまれそうです」

辰之介がそう言うと、吸いこまれそうか、と権田が笑う。

「吸いこんでやれ、紫苑」

と、権田が言う。すると、紫苑がさらに割れ目を開き、女陰の奥の奥までさらしつつ、辰之介の顔面に寄せてくる。

「あ、ああ……」

真っ赤な肉の襞が迫ってくる。

辰之介は動けない。ぬちゃっと粘膜を顔面に押しつけられた。

紫苑はそのまま、腰をうねらせはじめる。ぬちゃぬちゃとおんなの粘膜が、鼻や口に押しつけられる。

辰之介は目眩を覚えていた。顔面全体が、牝の匂いに包まれている。

「舐めてください」

と、紫苑が言い、口に強く押しつけてくる。

辰之介は口を開いていた。舌を出すと、肉の襞をぺろりと舐める。

「あ、あんっ」

と、紫苑が甘い喘ぎを洩らす。肉の襞がざわざわと蠢き、辰之介はねっとりとからめていく。

「あ、ああ……はあっ、あんっ……」

甘い喘ぎ声とともに、発情した蜜がどんどん湧き出してくる。

舌を動かすたびに、ぴちゃぴちゃと淫（みだ）らな音が立ちはじめる。

はじめて口にする蜜の味は舌がとろけるようだった。おなごはみな、割れ目の奥にこのような蜜を滴（したた）らせているのだろうか。

美菜も……愛華姫も……。

美菜の蜜を舐めてみたい……そして、姫の蜜も……。

紫苑が割れ目を引いた。

「どうだ、蜜の味は」

「あ、ああ……とても美味です……」

「そうか。それで、どうする、守谷」

と、権田が聞く。

「ど、どうすると申しますと……」

わかっていて、聞いていた。

「紫苑の穴に入れるか、それとも入れないのか」

これは口止めである。紫苑に入れたら、辰之介は権田の配下となる。

牧野のように配下となるか、と聞いているのだ。

「私には許婚がいます……」

「許婚がいながら、側女の女陰を舐めているではないか。それはよいのか」

「そ、それは……」

紫苑は辰之介の目の前で割れ目を開いたままでいる。こうしている間にも、あらたな蜜がにじみ出し、くらくらする牝の匂いを発散している。

「入れるか」

「は、はい……」

辰之介はうなずいていた。紫苑の女陰の誘いは強烈だった。

「魔羅を出してやれ」

と、権田が言う。はい、と紫苑が豊満な乳房を揺らし、迫る。

「立ってください、守谷様」

「えっ、こ、ここで、ですか……」

「そうだ。いやか」

「しかし、権田様の前で……権田様のお側女様と……その……」

「わしは構わぬ」

権田はずっと手酌で飲んでいる。

辰之介が立ちあがると、すぐに紫苑がにじり寄ってきた。足下に膝(ひざ)を寄せ、両手を着物の帯に伸ばしてくる。

帯を解かれた。着物の前がはだけ、下帯があらわれる。それにも、紫苑が手をかけてくる。

下帯を脱がされた。弾けるように魔羅があらわれ、紫苑の小鼻を先端がたたいた。

「あんっ……」

と、紫苑が甘い声をあげる。

「たくましい御魔羅です、守谷様」

反り返った魔羅を見つめ、紫苑が甘くかすれた声でそう言う。

紫苑はよいのだろうか。権田の前で、まぐわっても……。

権田の命とはいえ、ほかの男とまぐわうのだ。

「尺八を吹いてやれ」

と、権田が言う。はい、と返事をすると、紫苑が唇を寄せてくる。

裏のすじを舐められた。

「あっ……」

思わず、辰之介は声をあげてしまう。

紫苑はぺろぺろと裏のすじだけを舐めている。すると、はやくもどろりと我慢の汁が出てきた。

紫苑は裏すじを舐めつつ右手の指で我慢の汁をなぞり、鎌首にひろげはじめる。

「あ、ああ、なにを……なさる……」

鎌首に刺激を受けて、辰之介は腰をくねらせる。

そんな辰之介と紫苑を、権田は目をぎらぎらさせて見ている。権田は無類のおなご好きで有名だが、おなご遊びをやりすぎて、自分のおなごがほかの男の魔羅を舐める姿を見て、興奮するようになっているのか。

辰之介は国家老の興奮剤にされているのか。

紫苑がぱくっと鎌首を咥えてきた。鎌首が紫苑の口の粘膜に包まれる。

「あうっ……」

またも、声をあげてしまう。

紫苑はそのまま、反り返った胴体も咥えてくる。辰之介はそれを拒めない。はやく去らないと、ここで紫苑と繋がってしまう。

権田の不正を正すことができなくなってしまう。

紫苑が根元まで咥えてきた。じゅるっと吸っている。

「う、うう……」

魔羅全体がとろけそうな快感に、辰之介は腰をくねらせる。

紫苑が唇を引いた。唾(つば)がねっとりと糸を引き、それをじゅるっと吸ってみせる。

紫苑の唾まみれの魔羅がひくひく動いている。

「どのような形がいいですか、守谷様」

と、紫苑が聞く。

「そ、それは……」

「やはり、はじめては本手(ほんて)ですか」

「うしろ取りだ。紫苑、そこに這(は)え。顔をこちらに向けるのだ」

と、権田が命じる。はい、と紫苑は返事をして、四つん這いの形を取っていく。

妖艶(ようえん)な美貌(びぼう)は権田に向け、むちっと熟れた双臀(そうでん)は辰之介にさしあげている。

辰之介の視線は、紫苑の尻に向けられる。尻たぼは高く、尻の狭間(はざま)は深い。

「守谷様、どうぞ、うしろから入れてくださいませ」

「権田様、よろしいのでしょうか」

「構わぬ。入れろ」

権田は徳利からじかに酒を飲む。目が異様な光を帯びている。

辰之介は紫苑の尻たぼをつかんだ。しっとりとした肌触りに、魔羅がぴくぴく動く。

辰之介は尻たぼをぐっと開いた。すると尻の深い狭間の奥に、ひっそりと息づいている蕾（つぼみ）が見えた。

これは、尻の穴か……なんてそそる穴なのだ……。

女陰だけでなく、おなごというものは尻の穴まで男を誘ってくるのか。

美菜も、そして愛華姫も、このような尻の穴を持っているというのか。姫の肛門。そもそも、愛華に肛門などあるのだろうか。姫が排泄（はいせつ）などありえない気がする。

「ああ、守谷様……入れてくださいませ」

紫苑に言われ、尻の穴の下を見る。割れ目が見える。ややほころんで、中の赤身がのぞいている。

辰之介はそそり勃（た）ったままの魔羅を、尻の狭間に入れていく。

蟻（あり）の門渡（とわた）りをなぞったとき、辰之介の脳裏に愛華の美貌が浮かんだ。

――なにをしているっ、辰之介っ。

「いいえ、なにもっ……」

いきなり声をあげて、権田と紫苑が驚く。

「これは違うのですっ、姫っ、誤解ですっ」

姫と口にして、権田がなるほどという顔を見せる。

——美菜という許婚がいながら、国家老の側女相手におとこになるのかっ。恥を知れっ、辰之介っ。

「申し訳ございませんっ」

辰之介はそう叫ぶと、魔羅を尻の狭間から引いた。それはすでに、縮みきっていた。

二

翌日の正午前、辰之介は朝稽古(あさげいこ)を終えたあと、勘定方に出仕する前に、高杉城に登城していた。

道場での朝稽古のあと、井戸端で愛華に、このあとすぐ登城するように、と命じられたのだ。

大広間の下座で待っていると、廊下に人の気配がした。辰之介は額を畳にこすりつける。

「面を上げなさい」

と、上座から愛華の声がした。

辰之介は顔を上げた。愛華姫を見る。

「あっ……」

と、思わず声をあげてしまう。

着飾った愛華は、道場で見る稽古着姿の愛華とはまったく違っていた。道場着姿も凛々しくてきれいであったが、艶やかな打掛を着て、いくつもの簪を挿した姿は、京人形のようであった。

「どうした、辰之介」

「いいえ……その、あの……」

あまりの美しさに心を打たれていた。

「見違えたか」

「いや、その……」

「おまえ、権田の側女である紫苑の屋敷に夜な夜な出入りしているようだな」

「姫……ご存じでしたか……」

「いろいろ耳に入ってくるのだ」

「組頭の牧野様に誘われて、行きました」

「それで」

「それで……ご馳走になりました」

「それで」

美しく澄んだ瞳でまっすぐ辰之介を見つめ、愛華が聞く。

「それだけです……」

「辰之介、私にうそをつくつもりか」

「とんでもございませんっ」

大広間は姫と辰之介のふたりきりだった。最初から、人払いをしてあった。

愛華が立ちあがった。こちらに寄ってくる。

「ひ、姫……」

辰之介は愛華姫の美しさと気品、そして威厳に圧倒されていた。

愛華が辰之介の前で正座した。畳に額をすりつけている辰之介のあごを摘まみ、顔を上げさせる。

息がかかるほどそばに、愛華の美貌があった。

辰之介は震えていた。

「おまえがどうして、権田の屋敷に呼ばれたのだ」

「それは、あ、組頭の牧野様に……誘われて……」

「牧野が国家老に呼ばれるのは、まあわかるが、一介の藩士のおまえが、なにゆえ、夕餉（ゆうげ）に呼ばれる。権田がなにゆえ、おまえと夕餉をともにする」

愛華の息がかかっていた。高貴で、なんとも甘い息だ。それだけで、辰之介は感激で目眩を起こしそうだ。

「そ、それは……」

「辰之介、おまえ、なにを隠している」

「なにも隠していません」

視線をそらし、そう答える。

「私の目を見るのだ、辰之介」

正面を向かされる。

澄んだ瞳で見つめられると、心の中をすべて見すかされるような気がする。

「紫苑の屋敷に呼ばれたということは、紫苑が接待したのか」

「接待など……」

視線が揺れる。

「まさか、おまえ、美菜がいるというのに、紫苑とっ」

「していませんっ、なにもしていませんっ」

辰之介は激しくかぶりを振る。これは紫苑となにかしました、と言っているのも同然だった。

「なにをしたっ、紫苑となにをしたっ」

愛華の息がかかる。辰之介はくらくらしている。冷静な判断ができなくなってきている。

「な、なにも……ただ……」

「ただ、なんだ」

「湯殿で背中を流していただきました」

「紫苑といっしょに湯に浸かったというのか」

「湯には浸かっていません……ただ、乳で……乳で挟まれて……」

「乳でなにを挟まれたのだっ」

「ま、魔羅です……」

姫の目を見つめ、辰之介はそう言った。

「ま、魔羅……」

愛華が急に恥じらいを見せた。頬がほんのりと桃色に染まる。色が抜けるように白いだけに、ちょっとした変化もわかった。

「魔羅を挟まれて、乳でしごかれました」

愛華が恥じらいを見せたことで、立場は逆転していた。辰之介は詳しく語りはじめる。

「それだけではなくて、裏のすじを舐められました」

「う、裏の……すじ……なんのことだ」

と、愛華が言う。

「ご存じないですか」

と、辰之介は聞く。

「知らぬ……」

愛華の頬がさらに羞恥の色に染まっていく。

「これが魔羅だとすると」

と、愛華に右手の人さし指を突き出し、第一間接の裏側を左手の指でさした。

「ここが裏すじです」

「おまえのそこを、紫苑が舐めたというのか」

「はい」

「おまえ、美菜がいるのに……紫苑の躰で懐柔されたのかっ」

「いいえ、そのようなことはありません。背中を流していただいただけです」

「わかった。行け」

愛華が廊下を指さした。魔羅の話になってから、愛華は落ち着きをなくしていた。

辰之介は深々と頭を下げて、大広間を出た。

三

「姫に呼ばれたようだな」

勘定方の用部屋に入るなり、上役の牧野が寄ってきた。

「はい」

「よけいなことはしゃべっていないだろうな」

牧野がぎろりとにらんでくる。

「よけいなこととは、なんでしょうか」

「まあ、よい。おまえは姫とは親しいようだが、間違ってもよけいなことは話すなよ。話したら、美菜に紫苑様とまぐわっていることを話すからな」

「まぐわっていませんっ」

と、辰之介は否定する。

「なにを今さら」

「真(まこと)ですっ。紫苑様とはまぐわっていませんっ」

「そうなのか。昨晩、まぐわったのではないのか」

「いいえっ」

ほう、と牧野が辰之介をあらためて見つめる。

「紫苑様に迫られて、二度も拒むとはのう。それは許婚への忠義か」

「もちろんですっ」

「そうか」

牧野が用部屋から出ていった。

まぐわってはいなかったが、女陰に顔を押しつけていた。女陰を舐め、蜜を舐めていた。

魔羅を女陰に入れていないだけだ。すでに充分、美菜を裏切っていると思った。しかし、最後の一線だけは守っていた。

ひとりになると、さきほど会った姫の顔が浮かぶ。甘い息を思い出し、躰を震わせる。

魔羅という言葉を口にしてからの愛華の恥じらう姿に、そそられた。

いや、なにを考えているっ。姫が恥じらう姿にそそるなど、藩士としてあるまじきことだ。

いかんっ。紫苑に裏すじを舐められてから、常に卑猥なことを考えるようになってしまっている。

これからどうすればよいのか。国家老と勘定方の組頭が横領していることは間違いない。あとは、証だ。裏帳簿があるはずだ。

紫苑の躰に惑わされて、不正を見逃すことはあってはならぬ。

姫に訴え出ることにしても、証が必要だ。

その夜、四つ（午後十時）をまわったころ、辰之介は勘定方の屋敷に入っていた。

手燭(てしょく)で足下を照らし、組頭の牧野の用部屋に入る。

三方は棚に囲まれて、数多くの帳簿が置かれている。

どこに裏帳簿があるかわからない。ひとつひとつ丁寧に調べるしかない。手燭を置き、右手の棚から帳簿を取り出し、ぺらぺらとめくる。

どれくらいときがすぎただろうか。蠟燭(ろうそく)の火が消えそうになっていることに気づき、あわてて別の蠟燭を用意しようとする。そのとき、あわてすぎてよろめき、右手の棚に手をついた。

すると、半分ほど帳簿を抜いていた棚ががたがたと動きはじめた。

「なんだっ、これはっ」

目をまるくさせていると、右の棚が斜めに動き、奥がのぞいた。

辰之介は中に入った。四畳半ほどの空間があったが、なにも置いていなかった。が、埃(ほこり)は積もっておらず、最近までなにかが置かれていた気配があった。

「ほう、見つけたか」

と、男の声がした。振り向くと、牧野が立っていた。

それだけではなかった。牧野の背後には、美菜が立っていた。ただ立っているのではなく、後ろ手に縄をかけられ、猿轡(さるぐつわ)を嚙(か)まされていた。

「美菜っ」

辰之介は奥の小部屋から出た。

「う、ううっ」

美菜がなにか訴えている。

「なにをしていた、守谷」

と、牧野が聞く。後ろ手縛りの美菜の縄をつかんでいるのは、番方の山崎吾市であった。山崎は村松道場の門弟でもあり、毎日竹刀を合わせていた。

まさか、牧野の手下だったとは。姫とのことも、山崎が牧野の耳に入れていたのだろう。

「帳簿をちょっと調べていまして」

「そのようなこと、昼間のお勤めのときにやればよかろう。なにゆえ、夜中にこそこそやっている」

「牧野様こそ、美菜を縛るなど、なにをなさっているのですかっ」

「これから、紫苑様の屋敷で宴があるのだ。おまえの許婚にも加わってもらおうと思ってな」

「宴……」

それは肉の宴ではないのか。まさか美菜の躰を、権田が狙っている……。

辰之介の躰が震えはじめた。

「どうした、守谷。やっと、おまえがやっていることの重大さに気づいたか」

「美菜の縄を解いてくださいっ」

「それはできぬな」

「せめて、猿轡をっ」

辰之介を見つめる美菜の澄んだ瞳には、涙がにじんでいた。

なんてことだ。美菜を悲しませてしまった。縄をかけられるなど、屈辱以外のなにものでもないだろう。

「さあ、行くぞ、守谷」

そう言うと、牧野が用部屋を出ていく。美菜も山崎に背中を押され、よろめくように出ていく。辰之介の大刀は鞘ごと山崎が手にしていた。

反撃もできない辰之介はあとに従うしかなかった。

四

「こそこそと嗅ぎまわっているそうだな、守谷」

紫苑の屋敷の座敷。上座には権田と紫苑。そして、下座には辰之介。

美菜は上座の奥の襖を開き、鴨居から下げた縄で、後ろ手の縄を繋がれていた。

相変わらず猿轡を噛まされ、隣に山崎が立っている。

上座と下座の間の端に、牧野が座している。

「権田様っ、美菜は関係ありません。すぐに放してくださいませっ。このとおりでございますっ」

畳に額をこすりつけ、必死に訴える。

「関係ないことはないぞ。美菜はおまえの許婚であろう。美菜には将来夫になる男がどんなまぐわいをするのか知るのもよかろう」

なあ、牧野、と権田が振る。

「さようでございます、権田様」

と、牧野がうなずく。

いったい、なにをさせるつもりなのか。いずれにしても、言いなりにさせるため拷問にかけるわけではないようだ。力ずくではなく、色がらみで言いなりにさせる気なのだ。

拷問なら耐えることはできよう。が、色責めは……どうなのか……いまだおなご知らずの辰之介には、見当もつかない……。

「おまえ、これから紫苑とまぐわえ」

と、権田が言う。

「それは、できませんっ。許婚がおりますっ」

「紫苑とまぐわい、見事気をやらせたら、こたびのことは不問にしよう」

紫苑、と権田が言うと、紫苑が立ちあがった。小袖の帯に手をかけ、帯を抜く。するとと小袖の前がはだけ、いきなりたわわな乳房があらわれた。

紫苑が躰の線にそって、小袖を滑り落としていく。

すると背後にいた山崎が、紫苑の尻を見て、おうっ、とうなった。

相変わらず、紫苑は肌襦袢はもちろん、腰巻さえつけていなかった。

紫苑はわざわざくるりとまわってみせる。牧野や山崎、そして美菜にその妖艶な裸体を見せつける。

美菜は目をそらしていた。

「美菜さん、どうかしら、私の乳。守谷様、とても気に入ってくださっているのよ」

紫苑がそう言うと、美菜が驚きの目で辰之介を見つめる。

「違うのだっ、美菜どのっ」

「なにが違うのかしら。お乳に魔羅を挟まれて、腰をくねらせていたくせに」

そう言いながら、紫苑が辰之介に寄ってくる。一歩足を運ぶごとに、たわわな乳房が重たげに揺れる。それだけではない。すうっと通った割れ目がわずかに開き、中の真っ赤な粘膜をちらちら見せていた。

辰之介は揺れる乳房と女陰から視線をそらせなかった。見てはならぬ、とわかっていても、釘(くぎ)づけとなっていた。

紫苑が辰之介の前に立ち、割れ目をくつろげていく。

「う、ううっ」

美菜がうめている。見ないでくださいっ、と叫んでいるのであろう。

わかっている。わかっているが、無理だった。

辰之介の目の前に、紫苑の花びらが開帳される。幾重にも連なった肉の襞がざわざわと蠢き、辰之介を誘っている。

「ほら、女陰に顔を押しつけていいのよ。この前したように、押しつけなさい」

紫苑の口調が変わっている。

「おまえの間抜け面を美菜に見えるようにしてあげるわね」

そう言って、紫苑が横向きになる。

紫苑のたわわな乳房の向こうに、美菜の訴える顔が見える。

辰之介は膝を畳についたまま、躰を横向きに変えると、紫苑の女陰に自ら顔面を押しつけていった。

美菜の顔を見たくなかったからだ。美菜の顔を視界から消すべく、辰之介は紫苑の花びらに顔面を埋めていた。

「うっ、ううっ」

美菜のうめき声が大きくなる。

辰之介はぐりぐりと紫苑の女陰に顔面をこすりつける。

「ほら、わかったかしら、美菜。辰之介は私の女陰が大好きなようね」

と、守谷様から一転して、辰之介と呼び捨てとなる。

「猿轡をはずせ」

と、権田が山崎に命じる。美菜の横に立っている山崎が、美菜の口から猿轡を抜き取った。

「辰之介様っ」

と、美菜が叫ぶ。が、辰之介は紫苑の女陰に顔面をこすりつけたままだ。

顔面は紫苑の牝の匂いに包まれている。口はぬかるみの中にある。

辰之介の顔面はのりづけでもされたかのように、紫苑の割れ目にぴたっと貼りついていた。

「辰之介様っ、顔を離してくださいっ」

「どうやら、守谷は紫苑の女陰から顔を離す気がないようだな」

と、権田が言い、そのようですね、と牧野が応じる。

「さあ、舐めて。この前のように、おまえの舌で気持ちよくして」

と、紫苑が言い、辰之介の髷をつかむと引いた。

辰之介はちらりと美菜を見た。美菜は信じられない、といった顔でこちらを見ている。

すまぬ、美菜、と辰之介は美菜の視線から逃れるように、ふたたび顔を紫苑の恥部に押しつけていく。今度は舌を出し、穴に入れていく。

ぞろりと蜜まみれの花びらを舐めていく。すると、

「はあっ、あんっ」

と、紫苑が甘い喘ぎを洩らす。

辰之介はぴちゃぴちゃと音を立てて、紫苑の女陰を舐めていく。

「聞こえるかしら、美菜……あっ、ああ……辰之介は舐めるのが上手なの……ああ、あなたの女陰で稽古しているのかしら」

「辰之介様はそのようなことはなさりませんっ」

と、美菜が言う。

「あら、そうなの。許婚なのでしょう。どうして、辰之介に女陰を舐めさせないのかしら。ほら、辰之介は女陰に飢えているのよ」

「辰之介様はそのような御方では……あ、ありません……」

みなの前で、辰之介が紫苑の蜜を啜っているなか、美菜の言葉は虚しく響く。

「あっ、ああっ……いいわ……ああ、舐めるの上手よ、辰之介……」

紫苑の喘ぎ声が、座敷に響きわたる。

「辰之介様っ、どうなさったのですかっ。どうしてそのようなことをなさるのですかっ。美菜を見てくださいっ。辰之介様っ、美菜を見てっ」

美菜の懸命な訴えに、辰之介ははっと我に返る。

わしはいったいなにをしているのかっ。

紫苑の女陰から顔を引くと、鴨居から下がった縄で繫がれたままの許婚に目を向ける。

「辰之介様っ」

「美菜どの……すまぬ……わしはどうかしていた」

辰之介は立ちあがると、美菜を助けるべく、上座に向かっていく。

「なにをしているっ。勝手に動くでないっ」

と、牧野が立ちあがり、辰之介の腕を取る。辰之介は上役の手を振りきり、美菜に迫る。

「辰之介様っ」

「今、助けます、美菜どの」

と、美菜の背後にまわろうとする。

すると、山崎が辰之介につかみかかってきた。辰之介の腕を取ってくる。放せっ、と辰之介は山崎の手を振りきり、腹に拳を入れる。

うぐっ、と山崎が片膝をつく。その間に、辰之介は鴨居から下がった縄を解き、後ろ手縛りの縄も解こうとする。

「生意気なっ」

と、山崎が後ろ手の縄を解きにかかる辰之介の腹に拳をめりこませてくる。

「うぐっ」

今度は、辰之介が片膝をついた。そのうなじに、山崎が手刀を落とす。

「辰之介様っ」

と、美菜が叫ぶなか、辰之介はその場に崩れた。

立ちあがろうとしたが、さらに手刀を落とされ、辰之介様っ、という美菜の叫びを聞きつつ、意識を失った。

五

ぴたぴたと頰をたたかれ、辰之介は目を覚ました。

紫苑の妖艶な美貌が目の前にあった。動こうとして、両手両足を磔（はりつけ）にされていることに気がついた。

辰之介は畳に仰向（あおむ）けに、磔にされていた。しかも、裸であった。萎（な）えていた魔羅が、紫苑の美貌を目にしただけで、むくっと力を帯びてくる。

「見たか、美菜。あれが、守谷の真の気持ちだ。おまえに手を出さないのは、興味がないからだ。真に興味があるのは、紫苑なのだ」

上座の権田がそう言う。

隣に、美菜が座っていた。相変わらず、後ろ手に縛られてはいたが、小袖は脱がされていなかった。そのことに、辰之介はほっとした。

「違いますっ、権田様っ。私が興味があるのは、美菜どのだけですっ」

「では、どうして私の顔を見るなり、大きくさせているのかしら」

そう問いつつ、紫苑が股間に美貌を寄せてくる。

それだけで、さらに魔羅が反り返りはじめる。勃つなっ。なにゆえ勃つのだっ。

美菜が見ているのだっ。わしの心は美菜にあるのだ。なにゆえ勃つっ。

紫苑が鎌首に息をふうっと吹きかけてきた。すると、ぐぐっと太くなる。

「見ろ、触ってもいないのに、大きくさせている」

辰之介の真正面に、権田と美菜が座していた。ふたりの顔がお互いよく見えるように、紫苑は魔羅の横から息を吹きかけている。

牧野と山崎は右手の端で、膳を前にしている。ふたりとも手酌で飲んでいる。

美菜は目をそらしていなかった。勃起させた魔羅をじっと見ている。

勃起させた魔羅を見るのは、生まれてはじめてだろう。はじめて目にするのは、祝言の夜の床の中であったはずだ。それがこのような場で目にすることになってしまって……すまぬ、美菜。

紫苑が舌をのぞかせ、ぺろりと先端を舐めてきた。

「あっ」

と、美菜が声をあげた。

「おやめくださいっ、紫苑様っ」

辰之介が訴えるなか、紫苑はねっとりと先端に舌腹を這わせてくる。

すると、鈴口から先走りの汁がにじみ出てきた。

「あ、あれは……」

と、美菜が口にする。

「あれは、我慢の汁であるな」

と、権田が答える。

「我慢の……お汁……」

「今、守谷は我慢しているのだ。真は出したくて仕方がないのだ」

「そうなのですか、辰之介様」

と、上座より美菜が問うてくる。

「違うのだっ。出したくなどないのだっ」

「でも……」

「信じてくれっ」

と言う辰之介の我慢汁を、紫苑がぺろぺろと舐め取りはじめる。

「う、うう……」

気持ちよくて、下半身がとろける。最悪の状況なのに、たまらなく気持ちよい。

紫苑が先端を唇に含んできた。

「やめろっ……」

と、思わず叫ぶなか、紫苑は鎌首だけでなく、反り返った胴体まで咥えてくる。

「あ、ああ……」

辰之介はすぐに甘いうめきを洩らしてしまう。美菜に見られながら、紫苑に根元まで咥えられて感じている。

腰が自然とうねってしまう。

「見ろ。うれしそうに、腰を動かしているぞ」

「あ、あの……」

「なんだ、美菜」

「私に……尺八を……させてください」

と、美菜が言う。

「ほう、許婚の魔羅をしゃぶりたくなったか」

「私がおしゃぶりして、ここで辰之介様とまぐわいます。それをお見せすれば、ゆるしてくださいますか」

「なにを言っているのだっ、美菜どのっ」

と、辰之介は叫ぶ。異常な状況に身を置き、美菜がおかしくなっている。

「おまえは、生娘(きむすめ)であろう」

「はい……」

と、美菜がうなずく。その間も、辰之介の魔羅は紫苑にしゃぶられている。

「ここで、生娘の花びらを散らしてみせるというのか、美菜」

権田の目が光る。

まずい。権田が興味を持ちはじめている。

「紫苑様っ、そのまま繋がってくださいっ」

と、辰之介が叫ぶ。

紫苑はじゅるじゅると辰之介の魔羅をしゃぶりつつ、いかがしますか、と目で権田に問う。

「美菜がどんな顔で生娘の花びらを散らすか見てみたいではないか」

と、権田が言う。おまえたちも見たいであろう、と牧野と山崎に聞く。ふたりとも、見たいです、とうなずく。

「紫苑様っ、繋がってくださいっ」

辰之介が叫ぶ。美菜との大切な初夜を、見世物にするわけにはいかない。そのようなことをして夫婦になっても、幸せにはなれないだろう。

紫苑が魔羅から唇を引きあげた。紫苑の唾まみれの魔羅は見事に天を衝いている。

「山崎、縄を解いてやれ」

と、権田が言うと、山崎が立ちあがり、上座に向かう。

「美菜どのっ、落ち着くのだっ。はじめてのことを、見世物にしてはならぬっ」

と、辰之介が叫ぶ。

「そうであるのう。おなご知らずと生娘のはじめてのまぐわいを、見世物にしたくはないよのう」

権田は機嫌よく、手酌で飲んでいる。

山崎が美菜の後ろ手の縄を解いた。自由になった腕を、美菜がさする。

「なにをしている。行くがよい」

と、権田が言う。はい、と美菜が立ちあがった。こちらに寄ってくる。が、まっすぐ見てはいない。反り返ったままの魔羅から視線をそらしている。

「そこで止まれ」

辰之介の足下まで来たところで、権田が止めた。

「そこで脱げ」

と命じる。

「は、はい……」

とうなずき、美菜が小袖の帯の結び目に白い手をかける。

「美菜どのっ、ならぬっ。逃げるのだっ。はやくここから逃げるのだっ」

と、辰之介が叫ぶも、できません、とかぶりを振りつつ、結び目を引く。帯が解け、小袖の前がはだける。肌襦袢があらわになり、それだけで、どきんとする。

それは魔羅にあらわれ、ひくひくと動く。

「あら、肌襦袢を見ただけで、魔羅がうれしそうにしているわ」

と、紫苑が言い、辰之介の胸板をなぞる。

「うっ……」

乳首を撫でられ、辰之介はうめく。美菜が帯を解いただけで、辰之介の躰が敏感になっていた。

美菜が小袖を脱いだ。

その刹那、座敷の空気が変わった。もちろん裸の紫苑がいるから、淫猥な雰囲気に包まれていたが、美菜が小袖を脱いだとたん、その空気が一気に濃密になった。

まだ、二の腕さえあらわにさせていないのに、裸の紫苑より、権田たちの目を引きよせていた。

辰之介も美菜から目を離せなくなっていた。肌襦袢姿の美菜は清廉でありつつ、大人のおなごの艶を感じさせていた。

ただただ可憐な花ではなく、そこに艶めいた雫がぽたっと落ちていた。

「それも脱げ」

と、権田が言う。

美菜はなじるように権田を見つめる。すると、見つめられた権田が、うっ、とうめいた。

「ああ、たまらんのう。もっとその目で見てくれ、美菜」

息を荒らげ、権田がそう言う。

美菜は国家老から視線をそらし、肌襦袢の紐を解いていく。

すると前がはだけ、乳房があらわれた。

真正面からそれを見た権田が、おうっ、と声をあげた。

辰之介からは見えない。美菜はすぐに前を合わせてしまう。

「なにをしている。脱ぐのだ」

乳房を国家老に見られて、美菜は羞恥にまみれているようだ。

「脱がなくてよいっ、美菜どのっ。もう、そこまでで……」

美菜が首をねじって、辰之介を見た。

辰之介もうなった。美菜の瞳はいつもの澄んだものではなかった。そこに、おなごの色が混じっていた。

乳房をあらわにさせて恥じらいつつも、躰の芯を疼かせているのかもしれない。

「はやく脱げ、美菜」

と、権田が急かす。

美菜がこちらに躰を向けた。そして、合わせている前をはだけていった。

辰之介の前に、美菜の乳房があらわれた。

「あっ、美菜どのっ」

辰之介は権田同様、感嘆の声をあげた。

美菜はまた、すぐに前を合わせたが、今度は一気に肌襦袢を躰の曲線にそって下げていった。

辰之介の前に乳房が、権田には背中がさらされる。真横から見ている牧野と山崎は、乳房の魅力的な曲線を堪能できた。

「ああ、ご覧にならないでください……」

美菜があらわな乳房を両腕で抱いた。美菜の乳房は想像していたよりはるかに豊満で、二の腕から白いふくらみがはみ出している。

「こちらを向け、美菜っ。わしに乳を見せるのだっ」

と、権田が叫ぶ。

が、美菜は権田には背中を向けたまま、じっと辰之介だけを見つめている。

「あら、すごく出てきたわ」

そばに座している紫苑が声をあげる。美菜の乳房を目にして、大量の我慢汁を出していた。

「乳を見せろ。見せないのなら、紫苑、しゃぶれ」

と、権田が言う。美菜が権田に背中を向けたままでいると、紫苑が妖艶な美貌を辰之介の魔羅に寄せてくる。

「いけませんっ」

と叫び、美菜が権田に正面を見せた。そして、胸もとから両腕をずらす。

「ほう、これはこれは。なんともきれいな乳をしているではないか、美菜」

「はあっ……ああ……」

美菜が火の息を吐いている。

「美菜どのっ、すぐにここから出ていくのだっ」

と、辰之介は叫ぶ。が、美菜は腰巻だけの姿を、国家老にさらしたままでいる。

「その乳は誰も触っておらぬのか」

と、権田が聞く。

「はい……誰も……辰之介様のために守っております」

「そうか。なんともいじらしいおなごではないか。守谷、おまえは幸せものであるな」

「おねがいでございます。美菜は帰してください。私は、なにも見ていません。今宵のことはすべて忘れます」

「そうか。しかし、人の心は変わるものであるからのう。美菜、邪魔な腰のものを取れ」

と、権田が言う。

美菜が腰巻に手をかけた。

「美菜どのっ、ならぬっ」

辰之介が必死に訴える。美菜がこちらを見た。なじるような目で見つめられ、権田同様、ううっとうなる。

美菜の瞳は、帰るなどできません、でも、腰巻も取れません、どうしたらよいのですか、と問うている。

「はやくしろ。脱がないのなら、紫苑、繋がってよいぞ」

と、権田が言い、はい、と紫苑が辰之介の股間を白い足で跨ごうとした。

「待ってくださいっ」

と叫ぶなり、美菜が権田に正面を向けて、腰巻を取った。

六

「ほうっ」

と、権田がうなった。

「なんともそそる割れ目ではないか」

割れ目。ということは、割れ目が剝き出しとなっているのか。

ああ、見たい。はじめてさらす相手が、どうして国家老なのだっ。

「あら、また我慢汁がたくさん。美菜の割れ目をそんなに見たいのかしら」

私の割れ目がいいでしょう、と言うと、紫苑は裸体を移動させ、辰之介の顔面を跨いできた。そのまま下げてくる。

紫苑の割れ目が迫り、腰巻を取った美菜の裸体が見えなくなる。

「邪魔だっ」

と、思わず叫ぶ。

「私の女陰が邪魔ですってっ」

紫苑がにらみつけ、剝き出しの恥部で辰之介の顔面を塞いだ。ぐりぐりと押しつけてくる。

「う、うぐ……」

とうめいていると、なにをなさっているのですかっ、と美菜の声がした。

「私が代わりますっ」

と、頭の上で美菜の声がする。

代わるって、なにをだ。まさか、美菜が女陰でわしの顔面を塞ぐというのかっ。

「辰之介は私の女陰が好きなのよ」

と言って、紫苑は辰之介の顔面を譲らない。

譲れっ、紫苑っ、と辰之介は叫ぶが、紫苑の女陰で塞がれていて、うめき声にしかならない。

「美菜、こっちに来て、女陰を披露しろ」

と、上座から権田の声がする。

「私は、女陰で辰之介様の顔を塞ぎます」

「それは紫苑に任せろ。女陰を見せたら、ゆるしてやる」

と、権田が言う。

「それは真ですかっ、権田様っ」

「わしを誰だと思っておる。高杉藩の国家老であるぞ。二言はないっ」

だめだっ、美菜どのっ、権田などに女陰を見せてはならぬっ、と辰之介は叫ぶが、紫苑の女陰で塞がれたままで、うめき声にしかならない。

しかも女陰はどんどん蜜がにじんできて、辰之介の顔面がべちょべちょになっていく。

「では、お見せします」

と、美菜の声がする。

やめろっ、やめるのだっ。

辰之介は懸命に叫び、大の字に磔にされている躰をうねらせる。が、うめき声にしかならない。

「ご覧ください」

と、美菜の声がする。

やめろっ。

「う、ううっ」

「ほう、これはなんと」

と、権田の声がする。おまえたちも見るがよい、と権田が牧野と山崎を呼ぶ。

なぜだっ。なにゆえ美菜の女陰を権田たちが先に目にするのだっ。美菜の花びらを最初に目にするのは、わしだったはずだ。わししか見ることは叶わなかったはずだっ。

なんてことをっ。横領の証を探ったばかりに……。

「ああ、これは、なんという女陰だっ」

牧野の声がする。山崎も感嘆の声をあげている。

見たいっ、ああ、美菜の生娘の花びらをこの目で見たいっ。

「あら、どんどん我慢の汁が出てくるわね」

そう言いながら、紫苑がさらに強く女陰を押しつけてくる。

「まさに穢れを知らぬ花びらであるな。ああ、よいものを見せてもらったぞ、守谷」

と、権田が言う。声がうわずっている。そんなことは珍しい。それほど、美菜の女陰が美麗なのだろう。

「辰之介、おさねを吸いなさい」

そう言って、辰之介の口におさねを押しつけてくる。辰之介が吸わないでいると、はやくしなさいっ、と声がかかる。

「守谷、紫苑を楽しませてやれ。そうしないとすぐに美菜の花びらを散らすぞ」

「ひいっ」

と、美菜の声がする。辰之介はあわてて、紫苑のおさねを吸っていく。

「あっ、ああっ、いいわっ」

紫苑がいきなり愉悦の声をあげる。この異常な状況にかなり昂っているようだ。

それは紫苑だけではなく、権田たちもそうだ。

興奮のあまり、美菜に襲いかかったりしないだろうか。

辰之介は美菜の処女花を案じつつ、紫苑のおさねを吸いつづける。

「もっと、割れ目を開いてみせろ」

と、権田が言い、はい、と美菜のかすれた声がする。その声を聞くだけで、美菜がどれほど恥辱まみれとなっているのか、と辰之介の躰は震える。

「ほう、これが、処女花かのう」

と、権田の声がする。

処女花っ。見たいっ。ああ、わしが散らす花を見たいっ。

「そうですね。はじめて、見ました」

牧野の声がする。

悪党三人が、美菜の清廉な股間にあぶらぎった顔を寄せ合っていると思うと、虫唾(むしず)が走る。

「あ、ああっ、もっと強く吸ってっ」

紫苑に言われ、辰之介はおさねを強く吸う。

「ああ、ああっ、いきそうっ」

「ほう、もう気をやるのか、紫苑」

気をやらせたら、紫苑が離れるかもしれない、と辰之介はおさねを甘嚙みした。

「ひいっ……いくいくっ」

紫苑がいまわの声をあげ、さらに強く女陰をこすりつけてきた。大量の蜜があふれ、辰之介の顔面はびちゃびちゃとなる。

「私もっ、辰之介様の顔を塞いでよろしいですかっ」

と、美菜が権田に問う。

「ほう、おまえも塞ぎたいか」

「塞ぎたいですっ」

よかろう、と権田が言った。すると、気をやった紫苑が腰を上げていった。脇へとずれる。

と同時に、こちらに向かう美菜の裸体が見えた。

揺れる乳房、剝き出しの割れ目。

「あ、ああ、美菜どの」

「辰之介様っ」

美菜が迫ってくる。割れ目が迫ってくる。

「あら、すごいわ」

辰之介の魔羅がぴくぴく動いている。もう反り返った胴体まで、我慢の汁だらけだった。

美菜が辰之介の顔を白い足で跨いできた。これだけでも、ありえぬことだ。平常心の美菜なら、絶対やらないことだ。が、それをやっている。美菜もかなり昂っているのだ。

辰之介の目に、はっきりと許婚の割れ目が見えた。それが迫ってくる。

顔面ぎりぎりまで来ても、割れ目はぴっちりと閉じたままだ。

「開いて、美菜どのっ。わしにも見せてくれ」

「恥ずかしいです……」

と言って、閉じたままの割れ目を、辰之介の顔面に押しつけてきた。

甘い薫り(かお)に包まれた。さっきまでの紫苑が放っていた、発情した牝の匂いとはまったく違った清廉な風のような薫りであった。

「あっ、出したわっ」

と、紫苑が叫ぶ。

そう。辰之介は美菜の割れ目を顔面に感じた刹那、暴発させていた。

一度も触られることなく、辰之介は射精していた。どくどくと勢いよく精汁を噴射させている。

武士にとってはこのうえない屈辱の中にいるはずであったが、辰之介は幸せの中にいた。頭は桃色となっていた。

「ほう、美菜の女陰の匂いを嗅いだだけで出したか、守谷」

権田の声がする。

そんななか、美菜は割れ目をこすりつけつづけている。

が、まだ辰之介は美菜の花びらを見ていない。

「う、ううっ」

見せてほしい、と言う。さらに、ううっ、とうめいていると、美菜が腰を浮かせた。

「見せてほしい。美菜どのの花びらを、わしにも見せてほしいっ」

「辰之介様……」

辰之介を見下ろす美菜の瞳が潤んでいる。涙ではない。昂りの潤みだ。

美菜もこんな目で男を見るのだ。生娘ではあるが、紫苑と同じおなごなのだ。

「見せてほしい」

真剣な目で許婚を見あげ、辰之介はもう一度言った。

「わかりました。美菜の花びら、ご覧になってください」

そう言うと、美菜は辰之介の顔面を跨いだまま、剝き出しの割れ目に指を添えていく。

指が震えている。指だけではなく、瑞々しい裸体全体が震えていた。

それは羞恥の震えなのか、それとも昂りの震えなのか。

「見せてくれ、美菜どの」

「はい……」

美菜が自らの指で割れ目をくつろげていく。

辰之介の前に、美菜の花びらがあらわになった。

「こ、これはっ」

桃色の純真無垢な花びらであった。が、すでに多量の蜜があふれていた。

これはどういうことだ。権田や牧野に見られて、濡らしてしまったのか……。

「ど、どうなさいましたか……美菜の花びら……お気に召しませんか」

辰之介の表情を見下ろし、美菜が案じている。

「い、いや……きれいな花びらだ」

「でも、なにかつらそうな顔をなさっています」

「そ、それは……」

「女陰をぐしょぐしょにさせているからであろう」

上座から権田がそう言ってくる。

図星である。恐ろしい男だと、辰之介は実感した。こんな男の不正を明らかにして、正すことがわしなどにできるのであろうか。

「そうなのですか……そんなに女陰、濡らしていますか」

濡らしていない、と言いたかったが、美菜の花びらは露にまみれていた。しかも桃色の花びらが、さきほどから、ひくひくと誘うように蠢いているのだ。

これはなんだ。美菜は生娘ではないのか。

「安心しろ、守谷。女陰はどろどろでも、間違いなく処女花じゃ」

とまた、辰之介の心を見すかしたようなことを、権田が言う。

「私が生娘かどうか、疑(うたぐ)っていらっしゃるのですか、辰之介様」

美菜が悲しそうな顔になる。

「いや、違うのだっ」

「でも……」

「わしたちに見られて感じてしまったのであろう。美菜もりっぱな大人のおなごということだ。大目に見るのだ、守谷。これだから、おなご知らずは困るのう。なあ、紫苑」

「そうでございますね」

おなご知らずをばかにされた。

「美菜は生娘です。美菜の処女花を散らせるのは、辰之介様だけです」

そう言うと、美菜が裸体を辰之介の股間へと移動させていく。辰之介の魔羅はさきほど宙にぶちまけたのがうそのように、はやくも勃起を取り戻していた。

「ああ、うれしいです。美菜の女陰をご覧になって、こんなにたくましくさせているのですね」

反り返った魔羅を見下ろし、美菜がそう言う。

「このまま、美菜をおなごにしてください」

そう言いながら、辰之介の魔羅を白い手でつかんでくる。

「ああ、硬い……ああ、辰之介様を手のひらに感じます」

ぐいぐいしごいてくる。

「ああ、美菜どのっ」

「ああ、また硬くなってきました。うれしいです、辰之介様」

美菜が腰を落としてくる。

「美菜どの……こういう形で契り(ちぎ)を結んでも、よいのかっ」

と、辰之介は訴える。

「よいのです……これで辰之介様が権田様からゆるしていただけるのなら、美菜の処女花など、ここで散らしても構いませんっ」

美菜が悲壮な決意を見せる。ただそれだけではなかった。辰之介を見つめる美菜の瞳は妖(あや)しい潤みを湛(たた)えていた。紫苑のようなおなごの目だ。

美菜が割れ目を鎌首に当ててきた。ぐっと下げてきたが、鎌首はめりこまなかった。

「ああ、ああ……」

美菜が何度もこすりつけてくる。が、なかなかめりこまない。そのうち、魔羅が萎えはじめる。

「ああ、どうなさったのですか、辰之介様っ」

美菜があせり、強く押しつけてくるが、萎えているため、まったく入らない。

「ああ、辰之介様っ」

「そこまでのようだな。今宵は美菜の素晴らしい花びらに免じて、これでゆるしてやろう。ただ、わしが見ている前で、肉の契りを結ぶのだ。よいな」

そう言うと、権田が立ちあがり、着物の帯を解きはじめる。すると紫苑がたわわな乳房を揺らし、寄っていく。

「おまえたち、下がってよいぞ」

はっ、と牧野と山崎が座敷から出る。

紫苑が下帯を脱がせると、見事な魔羅があらわれた。

「這え。うしろ取りだ」

と、権田が言うと、紫苑は膳の前で四つん這いになった。権田がむちっと熟れた双臀をひと撫でみすると、

「はあっ、あんっ」

と、紫苑が敏感な反応を見せた。

「守谷と美菜を見て昂ったか、紫苑」

「はい……」

「わしもそうじゃ」

と言うと、権田が尻の狭間より肉の刃を突き刺していった。

「いいっ」

紫苑の声が、座敷に響きわたる。

「おう、今宵はいつも以上に、よう締まるぞっ、紫苑っ」

尻たぼをぴたぴたと張りつつ、権田は側女をうしろ取りで突いていく。

すると、畳に磔にされたままの辰之介の魔羅が、むくっと頭をもたげはじめる。

「いい、いいいっ、お殿様っ……いいっ」

紫苑がぐぐっと背中を反らす。

「おう、よいぞ。これからは夜ごと、ふたりに来てもらうとするかのう」

辰之介の魔羅は完全に勃起を取り戻し、それを美菜が恨めしげに見つめていた。

「ああ、もう、気をっ」

いくっ、と叫び、紫苑が熟れた白い裸体を痙攣させた。

第三章　切り札

一

　翌日の朝稽古。辰之介はさんざんであった。まったく愛華姫の目を見られず、面、小手、胴、と打ちこまれつづけた。

　居残りの稽古でも、さらに打たれつづけ、面をくらい、ついにひっくり返った。

「なんだ、そのざまはっ」

　辰之介の足下に仁王立ちとなり、愛華がにらみつけている。

「昨晩、なにがあったっ」

「なにも、ありませんっ」

「うそをつけっ」

　愛華が辰之介の胸もとを跨ぎ、しゃがんだ。

道着の襟をつかむと、辰之介の上体を引き起こす。愛華の美貌が迫る。汗の匂いが薫ってくる。姫ならではの高貴で甘い匂いだ。

辰之介は勃起させていた。なんてことだ。これまでも姫の汗の匂いを嗅いで、股間を疼かせたことはあったが、あからさまに勃起させたことはなかった。

同じ道場の門弟とはいえ、相手は姫様なのだ。勃起させるだけで、罪深かった。

やはり、昨晩の恥態の影響だ。おなご知らずのままであったが、美菜の無垢な花びらを目にして、しかも顔をこすられていた。

おなごの躰に慣れつつあった。それゆえ、姫の汗の匂いにも、男の反応を見せるようになっているのだ。

「どうした、辰之介」

さらに愛華が美貌を寄せてくる。唇はすぐそばにある。ちょっと口を突き出せば、姫と口吸いができる。

ああ、なんて恐れ多いことを思ったのだ。

「どうした。私の唇がそんなに珍しいか」

唇を見ていたことを気づかれていた。もしや、勃起させていることも気づかれているのでは。いや、それはない。愛華は真の生娘なのだ。魔羅について、なにも知らないだろう。

「もしや、美菜とその……」

急に、愛華が恥じらいはじめた。

その表情の変化に、辰之介は昂った。

「美菜どのと、なんですか」

辰之介はわざとそう聞いた。

「いや、その……なんでもない」

愛華の頬が赤くなっている。

「気になります。はっきりとおっしゃってください」

「いや、ここまでだっ」

と、愛華は立ちあがり、道場を出ていった。

辰之介は痛いくらい勃起させていた。


その夜、辰之介は美菜と夕餉をとっていた。

いつもは明るく手習所の話をするのだが、今宵はずっと黙っていた。

「あの……これから、どうなさるおつもりですか」

箸を置き、美菜が辰之介をまっすぐ見つめた。権田や牧野たちに女陰をさらしていたが、澄んだ眼差しは変わらない。

そのことに辰之介はほっとするとともに、あれくらいで美菜が変わることはないのだ、と思った。

「どう、というと」

「権田様はなにか悪いことをしているのですよね。横領ですか。それを、辰之介様はお調べになっているのですよね」

「なんの話だ」

もう、横領について調べる気はなかった。美菜が権田や牧野の慰み者にされるのだけは避けたかった。

辰之介が動かなければ、なにも起こらないのだ。美菜とはこのあと夫婦になり、静かに暮らしていくのだ。

「まさか私のために、権田様の悪事を表沙汰にすることを、あきらめたりはしませんよね」

美菜にそう問われ、辰之介は驚いた。

「美菜どの……」

「あれくらいで、屈する辰之介様ではないですよね」

「そ、それは、しかし……」

「どうなさったのですか、辰之介様。いつもの辰之介様とは違います。権田様の悪事を暴こうとなさっているから、昨夜のような責めを受けたのですよね」

「そ、そうであるな……」

「まさか、それに屈服なさるおつもりではないですよね」

美菜がこのように気丈なおなごだとは知らなかった。品がよく、いつも穏やかで、一歩下がるようなおなごだと思っていた。

その美貌の奥に、そのような熱い血を滾らせていたとは。わしは美菜のことをなにも知らないのでは、と思った。表の顔しか見ていなかったのだ。

「失望させないでください。私のことなど案じず、これまでの辰之介様でいてください。おねがいします」

「美菜どの……」

辰之介も箸を置くと、美菜の横ににじり寄った。そして、引きよせると抱きしめた。

「すまぬ……わしのせいで……」

「なにを言っていらっしゃるのですか。これは高杉藩の一大事なのですよね」

「そうであるな……権田様は藩の金を以前より横領しているようなのだ。その証を手に入れようと、昨晩、組頭の牧野様の用部屋に忍んで、探っていたのだ」

「そうなのですね。それで見つかったのですか」

「いや、書棚の奥に秘密の部屋があったのだが、空であった」

「そうでしたね。空でした」

「おそらく、権田様の屋敷に移したのだと思う」

「そうですね」

「姫に訴え出るには、やはり証が必要だ」

「権田様の屋敷に忍ぶしかないのですね」

「そうだな……おそらく、このところ入り浸っておられる、お側女の紫苑様のところに隠してあると思う。やはり、そばに置いていたほうが安心だからな」

「そうですね」

「また、紫苑様の屋敷に呼ばれるはずだ。おそらく、美菜どのとともに……」

「そう、ですね……」

「そのとき、探れないだろうか」

「あの座敷から勝手に出るなど……無理なような気がします。ただ……」

「ただ、なんだ」

「私の処女花を権田様に捧げれば……そのときは私に夢中になられて……」

「ならんっ」

辰之介は美菜の美貌を見つめると、それはならんっ、とかぶりを振った。

「美菜どのの処女花を犠牲にするなど、ならんっ」

「藩のためです」

「ならんっ」

辰之介は美菜の唇に口を押しつけていた。

二

はっと思い、口を引こうとすると、今度は美菜のほうから強く重ねてきた。

美菜どのっ、と辰之介も強く押しつけ、閉じている美菜の唇を舌先で突く。すると、美菜が唇を開いた。

すかさず、舌を美菜の口の中に入れる。舌と舌がからみ合う。

「う、うんっ、うっんっ」

これまでの感情をぶつけ合うように、お互いの舌を貪り合う。

まさか美菜と、このような激しい口吸いをすることになるとは……。

これは昨晩の恥辱の宴の影響だ。となると、こうして美菜と情熱的な口吸いができるのも、権田に感謝するべきなのか。

美菜が唇を引いた。唾が糸を引いていて、恥じらうように、それを啜った。そして、啜った姿を辰之介に見られていることに気づき、あっ、と真っ赤になる。

「美菜どの」

辰之介はもう一度、唇を合わせていた。すぐさま舌を入れて、からませていく。美菜もそれに応えてくれる。ぴちゃぬちゃ、と淫らな舌の音がする。

美菜の唾はとろけるように甘かった。

辰之介は舌をからませつつ、小袖越しに胸もとをつかんでいた。

舌をからませていると、昨晩目にした美菜の美麗な乳房が浮かんできて、つかまずにはいられなかったのだ。

小袖越しゆえ、ぐっと強くつかんでいく。すると、はあっ、と美菜が火の息を吐いた。

辰之介はじかにつかみたくて、右手を前に上げさせると、身八つ口より手を入れていった。

美菜の肌に、指先が触れた。

それだけで、美菜がぴくっと躰を強張らせた。昨晩、花びらまでさらしたものの、あれは異常な状況の中での恥態であって、平常に戻れば、美菜はまだ生娘なのだ。

辰之介だってそうだ。紫苑と密着していたが、まだおなご知らずのままなのだ。

辰之介は美菜の乳房を脇よりつかんでいく。

「あっ」

唇を引き、美菜が躰を震わせる。

「美菜どの」

美菜の乳房はぷりっとしていた。五本の指を埋めこむと、奥から弾き返してくる。そこをまた、揉んでいく。

「あ、ああ……辰之介様……」

身八つ口より揉んでいると、すぐにじれったくなる。

正面から、美菜の乳房をつかみたい。揉みしだきたい。

辰之介は身八つ口より手を引くと、美菜の小袖の帯に手をかけた。

「あっ、なにを……」

「乳を見たい。いや、揉みたい。見て、揉みたいのだっ、美菜どのっ」

辰之介は結び目を解(ほど)くと、帯を引いた。

小袖の前がはだけ、肌襦袢(はだジュバン)があらわれる。

それだけでも、心(しん)の臓(ぞう)がばくばく鳴った。辰之介は肌襦袢の腰紐(こしひも)にも手をかける。美菜はされるがままに委(ゆだ)ねている。

腰紐も解いた。震える手で肌襦袢の前をはだける。

乳房があらわれた。すでに昨晩目にしていたはずであったが、ふたりきりで目にする美菜の乳房は違って見えた。

なんとも美麗で豊満であるのは変わりなかったが、そこに愛(いと)おしさが加わる。

わしだけの乳。わしだけが好きにできる乳。

乳首は淡い桃色で、わずかに芽吹いているだけだ。

「ああ……そんなにご覧にならないでください……ああ、恥ずかしいです」

美菜は隠そうとはしない。懸命に羞恥(しゅうち)に耐えている。それがまた、たまらない。

「きれいだ、美菜どの」

辰之介は手を伸ばし、左右のふくらみを正面から同時につかむ。

「あっ……」

それだけで、美菜が甘い声を洩らす。

辰之介はぐぐっと揉みこんでいく。

「はあっ、ああ……」

美菜が敏感な反応を見せる。昨晩も思ったが、生娘ではあっても、すでにおなごの躰になりつつある。おそらく処女花を散らせば、一気におなごとして開花するのであろう。

ぐいっと揉みしだき、手を離す。すると、すぐにお椀形に戻る。また、強く揉みしだいていく。

「はあっ……あんっ……」

美菜の唇から洩れる甘い声に、ぞくぞくする。

もちろん、辰之介の魔羅はこちこちであった。唇を美菜の口に押しつけたときより、ずっと勃起している。

手を引くと、乳首がつんととがっていた。

それを目にした刹那、辰之介は乳房に顔を埋めていた。乳首を口に含むと、吸っていく。

「あっ、ああっ……辰之介様っ」

美菜の上体が震える。感じているのだ。美菜の敏感な反応に煽られ、じゅるっと吸う。

「はあっ、あんっ……」

辰之介は右の乳房から顔を上げた。とがりきった乳首が唾まみれとなっている。

これはわしがつけた唾だ、と思うと、下帯の中で魔羅がひくつく。

すぐに左の乳房にも顔を埋める。乳首を吸いつつ、右の乳首を摘まみ、ころがしていく。

「あっ、あんっ……ああ……」

美菜の喘ぎ声がたまらない。

思えば、はじめて美菜に愛撫しているのに、昂りつつも、どこか落ち着いていることに気づく。

これは紫苑の屋敷での、紫苑相手の恥態のせいだ。すでに紫苑の女陰だけでなく、美菜の割れ目も顔面で受けている。いわば、女体慣れをしていた。

美菜の乳房ははじめて揉むが、すでに花びらも見ている。おなご知らずのままではあったが、なにも知らないわけではないのだ。

これまた、権田や紫苑に感謝しなければならないのか……。

「ああ……辰之介様……おねがいがあります」

「なんだ」

「あ、あの……」

と言って、美菜が口ごもる。品のよい美貌がたちまち真っ赤になる。乳首を吸われても、こんなに赤くしていなかった。

「なんでも言ってくれ、美菜どの」

「あの……」

と言って、辰之介の下に目を向ける。

「魔羅か」

すると、美菜がこくんとうなずいた。

美菜がわしの魔羅を見たがっている。握りたがっている。

昨晩、すでに目にしていたが、また見たくなったのか。男とおなごのことなどなにも知らない娘だと勝手に思っていたが、そうではなかったのだ。

「わかった」

辰之介は着物の帯を解き、脱いでいく。ぶ厚い胸板があらわれる。下帯に手をかけた。すでに昨晩見られている。触られることなく、暴発させたことまで見られている。あれだけ恥をさらしたのだ、と下帯を取る。するとと弾けるように、勃起させた魔羅があらわれた。

それを真正面から見て、美菜があっと声をあげる。

美菜も昨晩見た魔羅とは違って見えているのかもしれない。

「ああ、たくましい御魔羅です……あの……触ってみても……よろしいでしょうか」

「もちろん」

美菜は小袖と肌襦袢の前をはだけたまま、右手を伸ばしてくる。

それだけで、さらに魔羅が反り返る。

「ああ、動きました」

「そうであるな」

美菜が胴体を白い指でつかんできた。それだけで、辰之介は射精しそうになる。ぐっと耐える。昨晩は、美菜の恥部の匂いを嗅いだだけで、暴発させたのだ。そのような恥は二度とかいてはならぬ。

「ああ、硬いです。辰之介様を感じます」

美菜はうっとりとした表情を浮かべている。

辰之介はあらためて美菜の乳房をつかみ、ぐっと揉みこむ。

「はあっ、ああ……」

美菜は火の息を吐き、魔羅をしごきはじめる。

「う、ううっ」

と、辰之介もうめく。そして、もう片方の手でも乳房をつかみ、ふたつのふくらみをこねるように揉みしだく。

「あ、ああ……」

美菜も負けじとしごいてくる。まさか、お互い、まぐわい知らずの身で、このようなことができるとは。

美菜とのまぐわいは、真っ暗な寝床で粛々と行われるだけの儀式のようなものだとずっと思ってきた。それゆえ、まぐわい自体を急いでいなかった。

が、どうであろう。行灯の明かりの下、辰之介は美菜の乳を揉み、美菜は辰之介の魔羅をしごいている。お互い気持ちよくて、うめいている。

辰之介は美菜の乳首を摘まみ、軽くひねってみた。

「あうっ、うんっ」

美菜があごを反らして、うめいた。

さらにひねると、がくがくと躰を震わせ、その場にしゃがみこんでしまう。

「大丈夫か、美菜どの」

と、声をかけるも返事はない。美菜の目は、鼻先で反り返っている魔羅に釘づけとなっていた。

「これを昨晩、美菜は入れようとしていたのですね」

権田や紫苑が見守るなか、美菜は何度も割れ目を鎌首にこすりつけたが、咥えこむことは叶わなかった。

「そうだな」

「ああ、無理なのは当たり前でした。こんなたくましいもの……無理やり美菜に入れたら……きっと、壊れてしまいました」

そう言いながら、じっと魔羅を見つめている。

美菜は昨夜の恥態を受けて、心のどこかが吹っ飛んでいるのかもしれない。それとも、美菜の中の淫らなおなごの部分が、いきなり飛び出してきたのかもしれない。

「ああ、でも……この、たくましい御魔羅で……美菜はおなごになりたいです」

「今、ここで……」

「いいえ……処女花は……これからも、権田様相手に効きます」

と、美菜が言う。

「美菜どの……」

「次、紫苑様の屋敷に呼ばれたとき、証を探したい、とおっしゃいましたけれど……辰之介様と私は権田様のお相手をしています……どなたか、信頼のおける御方はおられないのですか」

魔羅を見つめつつ、美菜がそう問う。

「信頼のおける御方……」

真っ先に浮かんだのは、愛華姫だ。いや、真っ先もなにも愛華姫しかいない。あとは誰が、権田の息がかかっているのかいないのか、まったくわからない。

「どなたかいらっしゃるのですね」

「姫だ……」

「姫……愛華様ですか」

「そうだ。信頼できる御方は、姫以外いない」

「辰之介様は姫様とは同じ道場なのですよね」

「はい……」

「毎日、竹刀を合わせていらっしゃる」

辰之介を見あげる瞳に、一瞬、悋気の光が浮かんだ。と思った刹那、美菜が鎌首を咥えてきた。

三

「ううっ」

不意をつかれ、辰之介はうめいた。美菜は鎌首のくびれまで咥えると、そのまま吸いはじめる。

「ああっ、美菜どのっ……それはっ……ならぬっ」

美菜に尺八を吹かれるとは。しかも、それは欲望ゆえの行動ではなく、悋気ゆえの行動に見えた。

悋気。わしと姫に、美菜が悋気だとっ。

美菜が唇を引いた。

「稽古のあとは、どうなさっているのですか」

と、美菜が聞いてくる。

「どう、というと……」

「汗が出ますよね」

「井戸端で汗を拭っている」

「姫もですか」

「そ、そうだな……」

「お乳の汗も……」

「まさか……乳は出さ……」

ぬ、と答えようとしたとき、辰之介の脳裏に、愛華の乳房が浮かんだ。一度だけ、愛華は白い晒を取ってみせた。

あのとき目にした乳房は、今でも生々しく覚えている。

「姫様はお乳を出しているのですね」

「まさか、ありえぬ……」

「うそ……」

そう言うと、美菜がふたたび鎌首を咥えてきた。今度は反り返った胴体まで唇に含んでくる。

「ううっ……美菜どの……」

美菜は根元まで咥えると、ううっ、とつらそうな表情を見せた。はじめての尺八で、辰之介のすべてを咥えこんだのだ。

苦しそうにしていたが、根元まで咥えたままでいる。眉間に深い縦皺が刻まれている。

それを見ていると、辰之介は異常な昂りを覚える。すると、美菜の口の中でさらにたくましくなっていく。

「うっ、うう……」

美菜はさらにつらそうな表情になる。

辰之介は思わず、突いていた。

「うぐ、うう……」

それでも、美菜は唇を引かない。この魔羅は私だけのものです、姫様には譲りません、と言っているようだ。

美菜どの、愛華姫に悋気を覚えてどうする。たしかに、井戸端で乳房は見たが、それだけだ。一介の藩士と姫様に、いったいなにが起こるというのだ。

「姫は乳など出さぬ、美菜どの」

ようやく、美菜が唇を引いた。唾がどろりと垂れ、それをあわてて、手のひらで掬った。

「信頼できるのは姫しかいない。でも美菜どのがおいやなら、姫には話さない」

「いいえ。お話しになってください。姫に証を見つけていただきましょう」

辰之介を見あげ、美菜がそう言った。

美菜の鼻先で、我慢汁が出る。

「あら、我慢のお汁が」

昨晩覚えた言葉を口にして、美菜が舌を這わせてきた。我慢汁を舐め取っていく。が、その動きにあらたな刺激を覚え、すぐにあらたな我慢汁をにじませてしまう。

それをまた、美菜が舐める。

「出してください、辰之介様」

「えっ……」

「昨晩のように、精汁を出してくださいませ」

そう言うと、根元をしごきはじめる。

「ああっ、いかんっ……」

鎌首は美菜の美貌に向いている。今、放ったら、美菜の顔に直撃である。

ふと辰之介の脳裏に、精汁を浴びる美菜の姿が映った。美菜はぐいぐいしごいてくる。

「ああ、ならんっ、美菜どのっ」

「出そうですか」

「顔に、ああ、顔に……かかってしまうっ」

と訴えたが、美菜は鎌首を自分の顔に向けたままだ。

まさか、顔で受ける気か、と思った刹那、暴発させていた。

「おうっ」

辰之介が叫ぶなか、勢いよく精汁が噴射した。

それはまともに、美菜の美貌を直撃した。

「うっ、うう……」

真正面から精汁を浴びて、美菜は美貌をしかめた。

咄嗟に閉じた目蓋に、長い睫毛に、すうっと通った小鼻に、半開きの唇に、形のよいあごに、次々と白濁が浴びせられていく。

美菜はまったく避けず、顔で受けつづける。

辰之介の精汁は大量で、瞬く間に美菜の美貌はどろどろとなった。

ようやく、脈動が鎮まった。

どろり、どろりと頬やあごから精汁が垂れていく。それを手のひらで掬いつつ、美菜が魔羅の先端に唇を寄せてくる。

「美菜どの……なにを……」

「きれいにしないと……」

と言いつつ、先端を咥えようとする。が、目蓋は閉じたままだ。どろどろで開くことはできない。かといって、美菜はそれを拭おうともしない。受けたままにしている。

この精汁はすべて私のものです、と言っているようだ。

辰之介がすぐに、懐紙で拭いてやればよいのだが、動けなかった。精汁を顔で受けた美菜の姿は、このうえなく美しかったのだ。

この世には、このような美しさもあるのだな、と思った。

少しでも長く、精汁を浴びた美菜の顔を見ていたくて、動けなかった。

美菜の唇が先端に触れた。美菜が大きく唇を開き、萎えていく魔羅にしゃぶりついてくる。

「ううっ……」

一気に根元まで咥えられ、辰之介はうめく。出したばかりの魔羅を吸われると、なんともくすぐったい。それでいて、魔羅がとろけるような気持ちよさを感じて、とてもじっとしていられない。

腰をくなくなさせている辰之介の魔羅を、美菜は精汁を顔から垂らしつつ、しゃぶっている。

「うんっ、うっんっ、うんっ」

精汁まみれの頬がへこみ、ふくらみ、またへこむ。

まさか、美菜がこのようなことをするおなごだったとは。

美菜の口の中で、辰之介の魔羅はみるみる勃起を取り戻していく。

美菜が唇を引いた。そこでようやく目蓋の精汁を指で拭い、目を開いた。

「ああ、もうこんなになさって……」

と、勃起した魔羅を、美菜は熱い目で見つめる。そしてまた、咥えていく。

「ううっ、美菜どのっ」

このまま押し倒して、美菜と肉の契(ちぎ)りを結べばよいのかもしれないが、辰之介はできなかった。美菜が言うとおり、美菜の処女花が権田相手の切り札になるような気がしていた。

四

翌朝、愛華に居残り稽古の相手を命じられ、稽古で汗を流したあと、井戸端で、

「姫っ、おねがいがございますっ」

と、諸肌（もろはだ）を脱ぎ、晒を巻いた胸もとをあらわにさせた愛華の足下に、辰之介は両膝（もろひざ）をつき、頭を下げた。

「なにごとだ、辰之介」

「姫にひと肌脱いでいただきたいのですっ」

頭を下げたまま、辰之介はそう言った。

「ほう、私の乳がまた見たいのか」

と、愛華が答える。

「いいえ、違いますっ」

辰之介は顔を上げて、あわててかぶりを振る。

「わかっておる。なんだ」

愛華がしゃがんだ。晒からはみ出んばかりの胸もとが、迫ってくる。と同時に、甘い汗の匂いも薫ってきた。

このようなときだったが、辰之介は下帯の中を疼かせた。

「姫に証を見つけていただきたいのです」

辰之介は権田と牧野が藩の金を長年にわたって懐に入れていること。その証を探っていると屋敷に呼ばれ、側女の紫苑の色じかけにあったこと。さらに許婚の美菜も捕らえられ、ふたりいっしょに色責めにあったことを姫に話した。

「色責めとなっ。まさか、美菜の処女花を、権田が散らしたのかっ」

と、愛華が辰之介をにらみつける。澄んだ瞳だけに、よけい迫力がある。

辰之介は自分が散らしたような錯覚を感じ、散らしていませんっ、と叫ぶ。すると、しいっ、と愛華が辰之介の口に人さし指を当ててきた。

姫の指を口で感じ、辰之介は躰を震わせる。

「まだ散らしていません。また、近いうちに、ふたりで屋敷に呼ばれると思います。今宵かもしれません。そのとき、姫に屋敷に忍んでいただき、証を探していただきたいのです」

「なるほど。辰之介と美菜が囮になるということか」

「はい」

「一介の藩士の分際で、姫を使おうということか」

「申し訳ございませんっ。されど、信頼できる者が……いないのです。姫なら、信頼できます」

「それほどまでに、我が藩は腐敗しているのか」

「はい。残念ながら……殿が寺社奉行のお務めで国許をお離れになってから、権田様が恐ろしく力をお持ちになっているのです」

「わかった。私が忍ぼう」

「ありがとうございますっ」

「ところで、辰之介、おまえは紫苑とまぐわったのか」

あごを摘まみ、辰之介の顔をのぞきこみつつ、愛華がそう聞いた。

「いいえ……」

と、かぶりを振る。

「紫苑に色責めされたのであろう」

「されました……されど、許婚のことを思い……まぐわいだけは拒みました」

「ほう、あっぱれであるな、辰之介」

ありがとうございます、と礼を言う。

まさか、まぐわいを拒んで姫に褒められるとは。

「まぐわいだけは拒んだということは、ほかの色責めは受け入れたのか」

「は、はい……」

「どんな責めだ」

「そ、それは……」

「知っておきたい」

愛華が好奇の目を向けてくる。思えば、姫も美菜同様、おなごなのだ。

「女陰を、顔面に受けました」

「なにっ。どういうことだっ」

辰之介は道場の井戸端で、紫苑の女陰責めを受けた詳細を話す。

「権田はそのような色責めをしかけてくるのだな」

「はい。拷問ではなく、色責めなのが、権田様の恐ろしいところです。色責めのほうが、屈服しやすい気がします」

「そうか」

辰之介を見つめる愛華の瞳が、じわっと潤んでいる。

涙ではなく、これは昂りの潤みだ。愛華姫が女陰を辰之介の顔面にこすりつけているところを想像して、躰を熱くさせているのだ。

姫もおなごなのだ。

見つめられるだけで魔羅が疼く。このまま、見つめられただけで射精しそうだ。

「色責めか……」

なにか、受けてみたいような顔をしていた。


その夜、やはりまた権田の呼び出しがあった。

夕刻、牧野が辰之介の用部屋に来て、伝えたのだ。

「美菜どのもいっしょだ」

と言った。

「美菜は……」

「国家老様の命に逆らう気か」

「いいえ……」

「おまえは権田様のお気に入りになっているのだ。このままだと、出世の道は約束されたも同然だ。夫婦で仕えるのだな」

権田の世が続けば、肉の宴でご機嫌を取っていれば、たしかに出世するだろう。が、権田の世は続かない。

なぜなら、このわしが国家老の悪事を暴くからだ。許婚と、そして姫とともに。

「どうした、守谷」

「いいえ、なにも……」

「まだ、よからぬことを考えているのではないのか」

「まさか」

「権田様が、美菜どのをたいそうに気に入ったようでな。よかったな。処女花を進呈すれば、おまえは出世だ」

そう言うと、牧野は用部屋を出ていった。

辰之介は牧野の背中をにらみつけていた。


昼、辰之介は勘定方の屋敷を出ると、蕎麦屋に向かった。信濃という蕎麦屋だ。

辰之介はたまに、ここで蕎麦を食べていたが、まさか、ここで愛華姫とつなぎが取れるとは思ってもみなかった。

注文をして、厠に向かった。厠には、小さな盆栽が置いてある。いつも、この盆栽を眺めながら用を足していたが、盆栽をつかみ、引きあげると、あっさりと上がった。

辰之介は愛華宛ての文を置くと、盆栽を戻した。

これで、愛華に伝わるはずだ。

五

「遠慮せずに食べるのだ、美菜」

権田が促す。

紫苑の屋敷の座敷。上座には権田と紫苑、下座には辰之介と美菜が座っていた。それぞれの前には膳が置かれている。牧野と山崎の姿はなかった。もう、辰之介が刃向かうことはないと踏んでいるのか。

「守谷、おまえも食べろ」

はい、と焼き物に箸をつける。豪勢な膳であった。この膳も横領した金で用意されたのだと思うと、箸が進まない。それは美菜も同じようだ。

それにまだ、なにもされないのが不気味だ。

「どうした、守谷、美菜」

「きっと裸でないから、落ち着かないのですわ、お殿様」

と、紫苑が言う。

「そうか。気づかなかったな。守谷、美菜、脱ぎたいか」

「い、いいいえ……そのようなことはございません。いただきます」

と、刺身に箸をつけ、口に運ぶ。美菜も煮物に箸をつける。

「昨晩、帰ってどうした、守谷」

紫苑の酌で酒を飲みつつ、権田が聞く。

「どう、と申しますと……」

聞かれている意味はわかったが、辰之介は尋ねていた。

「まぐわったのか」

「いいえ……そのようなことはしていません……それに……」

「それに、なんだ」

「美菜の処女花を……権田様のおゆるしなく、私が散らすなどありえません」

「ほう、そうか。よい心がけではないか」

「ありがとうございます」

「では、つらいであろう」

「えっ」

「入れられる穴があるのに、入れられないのは、つらいであろう」

「いえ、そのようなことは、ありません」

「おまえの心がけに感動したぞ。紫苑の穴をやろう。ここで、紫苑の穴に入れてよいぞ」

　と、権田が言う。にやにやと美菜を見ている。

「ありがたいことですけれど……私は美菜にしか、入れません」

「わしの命なく、美菜の処女花は散らさぬのであろう」

「はい……」

「では、なかなか入れることはできぬぞ」

　権田は美菜の処女花をしばらく散らす気はないようだ。この状況を楽しんでいるのだ。権田は女遊びに飽きていたのだ。そこに、辰之介と美菜というおもちゃがあらわれたのだ。

「紫苑、穴を出してやれ」

と、権田が言い、紫苑が、はい、と立ちあがる。上座と下座の真ん中で止まり、小袖の帯を解きはじめる。

帯を解くと、小袖を躰の線にそって下げていく。すぐさま、たわわな乳房に割れ目があらわれる。

そのとたん、座敷の空気が淫猥(いんわい)に変わる。

紫苑が手招きした。

「魔羅を出しなさい」

と、甘くかすれた声で、紫苑が言う。

「あ、あの、厠に……」

と言って、辰之介は席を立った。中座する機会は今しかないと思ったのだ。それに、はやく姫を屋敷に入れないと、探索のときが短くなる。

これからはじまる肉の宴の間が、探索のときになるのだ。

失礼します、と逃げるように座敷を出た。紫苑の穴から逃げるために中座したという演技であった。

廊下を厠へと進む。厠の手前で窓を開き、庭に出た。小走りで裏戸へと向かう。

「姫」

と、裏戸から問う。すると、

「辰之介か」

と、愛華の声がした。辰之介は裏戸の閂をはずし、戸を開いた。

辰之介は目を見開いた。

「ひ、姫で……ありますか」

「そうだ」

愛華は黒装束に身を包んでいた。しかもその黒装束は、愛華の躰にぴたっと貼りついていた。そのせいか、たわわな乳房の形がまるごと浮きあがっている。それだけではない。かすかに乳首のぽつぽつさえ、月明かりの下に見えている。

「こ、これは……」

「ひととき忍びに凝ってな、ずいぶん前に作らせたのだ。まさか、ここで役に立つとはな」

「そ、そうですか……」

「似合わぬか」

「いいえ……」

似合わぬどころか、似合いすぎだ。

胸には晒は巻いていない。もしや、下も……と、黒装束がぴたっと貼りついた姫の股間を思わず見てしまう。

「どこを見ている」

「申し訳ございませんっ」

辰之介は謝り、愛華を中に入れる。

「屋敷の中は頭に入っている。昼、作事方より、見取り図を取りよせたのだ」

「そうですか」

さすがだと思ったが、作事方の田端から国家老にそのことが伝えられていないか、気になった。

「では、おねがいします」

辰之介は座敷に戻り、愛華は奥へと消えた。


座敷に戻ると、美菜は権田の隣にいた。侍らせてはいたが、手は出していない。

紫苑は素っ裸のまま迎える。

「遅かったわね」

「いや、その……勃起していまして……すぐには小便が……」

と、美菜の前であったが、そう言い訳した。

「そうか。紫苑の裸で勃起したか」

権田がにやにやと美菜を見つめる。美菜は宙を見つめている。なにも見ない、なにも聞かないようにしているのだろう。が、そのようなこと、権田がゆるすはずがない。

「脱いで、辰之介」

と、紫苑が着物の帯に手をかけてくる。

紫苑の絖白い肌から、甘い体臭が立ち昇る。

辰之介は美菜の前であったが、下帯の中でびんびんにさせていた。

着物を脱がされた。

「たくましい胸板ね、辰之介」

そう言って、紫苑が白い手で、ぶ厚い胸板を撫でてくる。毎日の鍛錬の賜の胸板だ。美菜に撫でてもらいたかった、と美菜を見る。

すると、美菜が辰之介の胸板をじっと見ていた。

それに気づいたのか、紫苑が手を引き、妖艶な美貌を寄せてきた。そして、辰之介の乳首を唇に啄みはじめた。

「ううっ……」

不意をつかれ、声をあげてしまう。

紫苑がちゅうちゅう乳首を吸ってくる。

「おまえの許婚は乳首が感じるようだな。知っていたか」

と、権田が美菜の美貌にあぶらぎった顔を寄せて聞く。今にも可憐な唇を奪いそうだが、奪わない。奪われないほうがよいが、いっそ奪うのなら、奪ってもらいたい。

いや、なにを思っている。権田と美菜が口吸いなどしないほうがよいに決まっている。

「知りません……」

と、美菜が言い、なじるような目を辰之介に向けてくる。あれは、どういう意味の目だ。

紫苑が右の乳首から唇を引くと、左の乳首に吸いついてきた。左の乳首を吸いつつ、唾まみれの右の乳首を摘まみ、こりこりところがしてくる。

「あっ、ああ……」

声を出すまいと思ったが、出てしまう。

「紫苑に乳首をほぐされているのう、美菜。許婚として恥ずかしくないか」

「は、恥ずかしいです……」

と、美菜が言う。

その間も、紫苑がちゅうちゅう乳首を吸ってくる。

そして、右手を下帯へと下げていく。乳首を吸いつつ、下帯を取った。

「あっ……」

と、声をあげたのは、美菜だった。

辰之介の魔羅は天を衝いていた。しかも今の乳首吸いで、大量の我慢汁を出してしまっていた。

その我慢汁まみれの先端を、紫苑が右手の手のひらで包み、動かしはじめた。

「ああっ……」

魔羅が痺れるように気持ちよくて、辰之介は不覚にも声をあげてしまう。

「先っぽが感じるようだな。知っていたか、美菜」

酒臭い息を品のよい美貌に吹きかけるようにして、権田が美菜に聞く。

「知りません……私、辰之介様のなにも知りません……」

なじるような目から、寂しそうな目になる。

「辰之介は先っぽをこうやってなでなでされるのが好きなのよ。ねえ、辰之介」

「い、いいえ……好きでは……うう、ありません……」

気持ちよくて、辰之介は腰をくなくなさせてしまう。これでは好きだと言っているのと同じだ。実際、美菜はまたなじるような目になっている。

「うそ。好きでしょう。なでなでされながら、乳首を吸われるのが大好きなのよね」

と言うと、また乳首に吸いついてくる。そして根元に歯を立てると、甘噛みしてきた。

「あ、ああっ、それはっ」

乳首が痺れ、辰之介は声をあげる。歯の食いこませ加減が絶妙だった。さすが、権田が見初めた側女だと思った。

「ああ、どんどん、我慢の汁が出てくるわね。もう入れるかしら、辰之介」

鎌首から手を引く。先端は我慢汁で真っ白で、裏すじまで垂れている。

「どんな形で入れたいかしら。好きな形を言っていいわよ。最初は思い出になるわよね」

思い出。それは美菜とのまぐわいのはずだ。

「い、いや……その……」

「私にもっ、乳首吸いとなでなでをさせてくださいっ」

と、美菜が叫んだ。

「ほう、やってみたいか」

「はい。妻になるのに、辰之介様のことをなにも知らないなんて、恥ずかしくて……紫苑様に教えていただきたいのです」

紫苑とまぐわわせないために、そのときを少しでも先延ばしにするために、美菜が言い出したのだと思った。

「よかろう。やってみろ」

と、権田が言う。

美菜が立ちあがった。こちらに向かってくる。なにかを決意したような表情だ。

「脱いで、美菜」

と、紫苑が言う。

「殿方にご奉仕するときは、おなごは裸よ」

「はい……」

と、美菜はうなずき、自らの手で小袖の帯に手をかける。

帯を解くと、小袖の前がはだける。肌襦袢の腰紐も解くと、乳房があらわれる。

美菜は権田と紫苑、そして辰之介が見つめるなか、小袖と肌襦袢を脱いでいく。

六

たわわな乳房、ぷりっと張った双臀(そうでん)、そして、ぴっちりと閉じている割れ目があらわになる。

「ああ……」

美菜は羞恥の息を吐き、右腕で乳房を抱き、左手の手のひらで恥部を隠す。

隠しても、権田はなにも言わない。恥じらう仕草を、にやにやと見ている。

美菜は乳房と恥部を隠したまま、辰之介に迫ってくる。すると、紫苑の匂いとはまた違った、さわやかな匂いがかすかに薫ってくる。

美菜の匂いだ、と思うと、魔羅がひくついた。

「あら、美菜の匂いを嗅いで、反応しているわ」

と、紫苑が言う。

匂いで反応したって、どうしてわかるのだろうか。

美菜が正面に立った。魔羅はずっと天を向いている。

美菜が乳房を抱いていた手をはずし、辰之介の胸板に伸ばしてくる。そっと胸板に手のひらを乗せる。それだけで、せつない刺激を覚える。

美菜は手のひらで、胸板を撫でてくる。紫苑の甘嚙みでとがったままの乳首が、美菜の手のひらでこすられる。

「う、うう……」

思わず、声をあげる。

「先っぽを撫でて、美菜」

と、紫苑が言う。

美菜は恥部を隠していた手で、我慢汁まみれの先端を包む。そして右手で胸板を撫でつつ、左手の手のひらで先っぽを撫ではじめる。

「あうっ、うんっ」

鮮烈な刺激を覚え、辰之介はうめいた。

「あら、私のときより感じているのね、辰之介」

と、紫苑がなじるような目を向けてくる。その間も、美菜は乳首を手のひらでこすり、先端を手のひらで撫でている。

「あ、ああ……」

気持ちよい。たまらなく気持ちよい。このまま出してしまいそうだ。出したほうがよいのか。恥まみれとなるが、勃たなければ、紫苑とまぐわうことはできない。しかし、紫苑の濃厚な色香で責められれば、一度出したくらいでは、すぐに勃ちそうだ。

「舐めても、よろしいですか、辰之介様」

と、かすれた声で、美菜が聞いてくる。

「よ、よいです……」

「なに敬語、使っているの。よいぞ、でしょう、辰之介」

と、紫苑が指示する。権田はうれしそうに、やりとりを見ている。

「よ、よいぞ……美菜どの……」

「美菜、でしょう」

「そ、それは……」

と逡巡していると、

「美菜と呼んでください、辰之介様」

美菜がそう言い、そして乳首に吸いついてきた。

「ああっ」

辰之介はいきなり恥ずかしい声をあげてしまう。それくらい、美菜の乳首吸いに感じていた。

「あら、私のとき以上に感じているじゃないの、辰之介。どういうことよ」

と、紫苑がもう片方の乳首を摘まみ、ひねってくる。が、これも罰を与えるひねりではなく、さらに感じさせるようなひねりだった。

「あ、あああ……」

と、辰之介はおなごのような声をあげつづける。

「ほら、我慢の汁がたくさん出ているわよ」

と、紫苑に言われ、美菜が乳首を吸いつつ、右手の手のひらで鎌首を包んできた。そして強めに乳首を吸いつつ、先端を撫ではじめる。

「ああっ、美菜……」

と言うと、美菜が唇を引き、なじるように見つめる。

「み、美菜……そんなにされたら、出そうだっ」

美菜はふたたび乳首を吸ってくる。そして、先端を撫でまわす。

「ああ、出るっ」

と叫ぶと、美菜の手が鎌首から離れた。見ると、紫苑が美菜の手首をつかんで放していた。

「勝手に出させないわよ、美菜。出させるために乳首吸いを言い出したんでしょう」

「違います……辰之介様にご奉仕したかっただけです」

「そうかしら。もういいわ。出そうだから、私の女陰に出させるから」

「それはっ」

美菜がすがるような目を辰之介に向けてくる。

「こっちに戻ってこい、美菜」

と、権田が手招きする。

「辰之介様っ」

「権田様のところに行くのだ、美菜」

美菜は泣きそうな表情を浮かべたが、うなずくと、権田のもとへと向かう。

そのとき、ぷりぷりうねる尻たぼに、思わず射精しそうになる。ぎりぎりこらえていると、紫苑が辰之介を押し倒してきた。綂白い足で股間を跨いでくる。

そして大量の我慢汁が出ている魔羅を逆手でつかみ、腰を落としてきた。

「ああ、辰之介様っ」

権田の隣に戻った美菜が叫ぶ。

今、愛華姫が証を見つけるべく、屋敷の中を探っている。なんとしてでも、権田をこの場に引きつけておかなければならない。

そのためなら許婚が見ている前で、おなご知らずの魔羅を紫苑に捧げても……美菜の処女花が散らされるわけではない。辰之介が側女の女陰でおとこになるだけだ。

「いただくわ」

と言って、紫苑が割れ目を鎌首に押しつけていった。

ずぶりと魔羅が入った。先端が燃えるような粘膜に包まれた。

「辰之介様っ」

と、美菜が叫ぶ。そんななか、辰之介の魔羅は紫苑の女陰にずぶずぶと入っていく。包まれていく。

「ああ、硬いわ、辰之介」

紫苑が茶臼(ちゃうす)で完全に繫(つな)がった。

「あっ、おやめくださいっ」

美菜の声に上座を見ると、権田が美菜の唇を奪おうとしていた。

「おやめくださいっ、権田様っ」

と叫ぶなか、紫苑が腰を上下させはじめる。

「あっ、ああ、だ、だめっ……う、うんっ」

美菜の唇が権田の口に犯されたのを見た刹那、辰之介は射精していた。

「あっ、あんっ」

子宮に精汁を受けて、紫苑があごを反らす。

辰之介は権田と美菜が口吸いをするなか、紫苑に出しつづける。

ようやく脈動が鎮まった。が、権田は美菜の口を吸いつづけている。

最悪だった。が、紫苑の中に出したにもかかわらず、辰之介の魔羅は、衰えなかった。

「ああ、まだ勃ってるのね」

甘くかすれた声でそう言うと、紫苑がふたたび腰をうねらせはじめる。

「あ、ああっ、また大きくなってくるわ……ああ、すごいわ。そんなに私の女陰はいいかしら、辰之介」

紫苑がふたたび腰を上下させると、精汁まみれの魔羅が、紫苑の穴を出入りする。

権田が口を引くと、

「見てみろ、美菜」

と告げる。美菜がこちらを見た。

「ああ、もう大きい……」

「そうよ……ああ、辰之介は私の女陰が好きみたいね……」

「辰之介様……」

「違うのだっ、美菜っ」

「なにが違うのかしら。出したばかりで、こんなに大きくさせて」

紫苑がさらに激しく腰を上下させてくる。

「あっ、ああっ、いいわっ、おまえの魔羅、いいわっ」

魔羅が出入りする女陰から、ぬちゃぬちゃと淫らな音がする。

「じっとしていないで、おまえも突くのよ、辰之介っ」

と、紫苑が命じる。紫苑の命は権田の命と同じだ。

辰之介は腰を動かしはじめる。

「ああっ、いいっ、もっとっ、辰之介っ」

一度突くと止まらない。なにせ、はじめてのまぐわいなのだ。はじめて魔羅が女陰に包まれているのだ。

それが美菜の女陰ではないのは残念だったが、紫苑の女陰はたまらなかった。先端からつけ根までねっとりと包みつつ、くいくい締めてくる。

すでに一発放っていたが、すぐに勃起を取り戻していた。それくらい、紫苑の穴は気持ちよかった。なにせ、はじめての女陰だ。ほかのおなごと比べることはできない。

そもそも女陰はこんなに気持ちよいものなのか、それとも紫苑の女陰が極上なのか、わからなかったが、きっと極上なのだと思った。

辰之介は勢いよく突きあげつづける。

「ああっ、ああっ、いいわっ……上手よ、辰之介っ」

突くたびに、重たげに揺れる乳房がたまらない。揉みたくなる。

「いいわ。さあ、突きながら、揉みなさい」

辰之介の気持ちがわかるのか、紫苑が上体を倒してきた。

たわわな乳房が迫り、辰之介は思わず手を伸ばしていく。美菜が見ている前で、紫苑の乳房を掬うようにしてつかむ。

「ああ、揉んで。めちゃくちゃにしてっ」

と、紫苑が言う。女陰が強烈に締まる。

「ううっ……」

「どうした、守谷。また、出すか」

と、権田が問う。権田はぎらぎらさせた目を、藩士とまぐわう側女と、それを見ている許婚に、交互に向けている。

この状況にいちばん昂っているのは、権田かもしれなかった。

「出しませんっ」

「突いてっ。動きが止まったわよっ」

「申し訳ございませんっ」

と、側女に謝り、辰之介は渾身(こんしん)の力で突きあげていく。と同時に、豊満なふくらみを揉みしだいていく。手のひらで乳首を押しつぶす。

「ああっ、そうよっ、そうよ、辰之介っ」

「あ、ああ……紫苑様っ」

魔羅がとろけそうで、思わず美菜の前で側女の名を呼ぶ。

「ああ、もう、また……ああ、出そうです」

「なにを勝手なこと言っているの、辰之介。いかせなさい。私をいかせてから、おまえもいくのよ」

はいっ、と返事をして、辰之介は唇を噛みしめ、紫苑の女陰を突いていく。

「そうよっ、そうよっ……あ、ああ、いいわっ、そうよっ」

「紫苑様っ」

「あ、ああっ、い、いくっ」

と、紫苑のいまわの声を聞いた刹那、辰之介も放っていた。

「おう、おう、おうっ」

雄叫(おたけ)びをあげて、美菜が見ている前で、側女に放ちつづけた。

第四章　地下室

一

「殿、獲物を捕らえました」

と、廊下から男の声がした。

「そうか。入れ」

と、権田が言う。

辰之介はまだ脈動を続けていた。腰の上で、紫苑があぶら汗まみれの裸体を震わせている。そんななか、番方の山崎が、黒装束のおなごを引っぱるようにして、座敷に入ってきた。ほかにふたりの藩士がいた。

姫っ……。

愛華は後ろ手に縛られ、猿轡（さるぐつわ）を嚙（か）まされていた。

愛華を見ても、権田は驚きはしなかった。やはり、愛華がこの屋敷の見取り図を取りよせたことが、作事方の田端より権田の耳に入っていたのだ。

待ち伏せされていたところに、愛華が忍んでいったのだ。

権田が立ちあがった。座敷の中央へとやってくる。

「これは姫、私に御用がおありなら、私のほうから城へとうかがいましたが」

権田はにやにやと愛華の黒装束姿を見ている。

両腕をうしろにねじあげられているため、ただでさえ目立つ胸もとの隆起がさらに強調されていた。

姫の乳房の形がまるわかりだった。しかも、乳首のぽつぽつが露骨に浮き出ている。

権田が姫の口から猿轡を取った。涎がどろりと垂れる。

「縄を解け、権田」

愛華は涎を垂らしながらも、きりっとした眼差しで、そう命じる。

「賊の縄を安易に解くことはできませんな、姫」

あごが涎で濡れている。

「ぞ、賊だとっ。誰に向かって言っているっ、権田っ」

捕らわれていても、愛華は姫の威厳を保っている。

「こんな忍びのようなかっこうで、いったいなにをしていたのですか、姫」

と聞きつつ、権田は黒装束越しに、愛華の胸もとを撫(な)ではじめる。

「なにをするっ。無礼なっ」

「無礼なのは、どっちですかな、姫。人の屋敷に勝手に入ってきて、こそこそ探るなんて、無礼の極まりですな」

胸の隆起のまわりを撫でるが、さすがに乳房そのものには手を出さない。

「こそこそ探ってはおらぬっ」

「そのかっこうは、忍びの姿ですよね、姫」

権田が舐(な)めるように、ぴたっとした黒装束を見つめる。山崎やほかのふたりの藩士もじっと見つめている。

「そうだ」

「とてもお似合いですよ。まさか、姫の躰(からだ)つきをこうして拝める日が来るとは思ってもいませんでした」

ここでやっと、愛華が辰之介に気づいた。紫苑と繋(つな)がっている辰之介に、

「辰之介、おまえ、なにをしているのだっ」

「姫っ……」

辰之介が起きあがろうとするが、茶臼で繋がったままの紫苑が上体を倒して、抱きついてきた。たわわな乳房をぐりぐりと胸板に押つけ、躰を預けてくる。

辰之介の魔羅は二度目を放ったにもかかわらず、はやくも勃起を遂げていた。猿轡をはずされ、涎を垂らした姫を見た刹那に、不覚にも一気に勃起させていた。そのことは、女陰で紫苑が知っている。

「どいてくださいっ。姫をお助けしなければっ」

辰之介は紫苑の汗ばんだ裸体を押しのけようとするが、繋がったままだと力が入らない。

「なにしているの、辰之介。姫が涎を垂らしているのを見て勃起させたくせに」

「そうなのかっ、辰之介っ」

と、愛華が澄んだ瞳でにらみつける。そのあごには、涎が残っている。

「申し訳ございませんっ」

紫苑に抱きつかれ、繋がったまま、辰之介は謝る。

愛華が美菜にも気づいた。

「美菜っ、おまえも裸なのかっ。権田にやられたのかっ」

と叫ぶ。

「いいえ。私は大丈夫です。私より、姫が……縄を解かないと」

と、美菜が立ちあがり、こちらに寄ってくる。

美菜の裸体に気づいた山崎とふたりの藩士が、これはっ、と目を見はる。

美菜は姫のそばまで来たが、山崎たちが立ちはだかり、どうすることもできない。ただただ乳房と下腹の割れ目を見られているだけだ。

「姫、こそこそとなにをしていたのです」

と、権田が問う。

「なにもしていないっ」

と、愛華が言う。

「もしや、守谷に唆けられましたかな」

「知らん……」

「やっぱり。守谷は妄想に取り憑かれているのですよ。そのとばっちりを許婚も受けているのです。見てごらんなさい、この清楚な躰」

と言って、権田が美菜の裸体を抱きよせる。

「なにをしている。権田っ、美菜を放し、小袖を着せてやるのだっ」

「それはできません。私にあらぬ疑いをかけて、こそこそ嗅ぎまわっていたのです。罪の償いを許婚の躰でしてもらわないと」

「守谷も美菜も悪くないっ。私が言い出したことなのだっ」

と、愛華が言った。

「姫っ」

辰之介は驚きの声をあげた。

「私がおまえに疑いを持ち、守谷に探らせていたのだ。守谷は私の命に従ったにすぎぬ。だから、守谷も美菜も放してやるのだ、権田」

「ほう、姫が私に疑いを。それで忍んできたというわけですか」

「そうだ。おまえが藩の公金を横領している証を見つけるためにな」

と、愛華が言った。

「姫っ」

と、辰之介は叫ぶ。

「それで、証は見つかりましたか」

「いや、その前に、そやつらに縄を打たれた」

と、愛華が山崎とふたりの家臣をにらみつける。すると、ふたりの家臣が、ひいっと息を呑む。後ろ手に縛られている姫に圧倒されている。

「いくら探っても、証などありませんぞ」

「それはどうかな」

「探してみますか、姫」

「ほう、探させてくれるか」

「しかし、横領の証がなかったら、どうしますか、姫。私も高杉藩五万石の国家老です。いくら姫とはいえ、あらぬ疑いをかけられて、家捜しまでされて、なにもなかったというのは腹に据えかねます」

「どうしたい、権田」

　と、愛華がまっすぐ権田を見つめ、聞く。

「そうですなあ。すべてを見せていただきましょうか」

「すべて……」

「はい」

「私の女陰を見たいというのか」

　権田がうなずく。

「よかろう。証が出なかったら、私のすべてをおまえに見せてやる」

「姫っ」

たいへんなことになってしまった。わしが権田に横領の疑いをかけたばかりに、美菜は生娘の花びらまでさらされ、今、姫にも危機が及んでいる。

「案ずるな、辰之介。証は出るであろう」

愛華がそう言う。

「では、行くぞ。縄を解け」

「そのままでよろしいでしょうか」

高く張った胸もとを見つめ、権田がそう言う。

「なに、私の胸ばかり見ている。そんなにおなごの胸が珍しいか。そこに、そこにもあるではないか」

紫苑の乳房に、美菜の乳房。ここには極上の乳房がふたつもあるが、それでも黒装束で隠れている姫の乳房に、男たちの目は引きよせられている。

辰之介自身も後ろ手ゆえに張り出している愛華の胸もとから目を離せないでいる。

「このあと、姫の乳を拝見できると思うと、胸の高鳴りが鎮まらないのですよ」

と、権田が言い、山崎やふたりの家臣もうなずく。

「証は出ぬと言うのか」

「はい」

と、権田が自信を持ってうなずく。

そんな権田を見て、証はこの屋敷にはない、と辰之介は思った。作事方より姫が見取り図を取りよせたことを聞いた権田が、裏帳簿をほかの場所に移したのではないのか。

だから、姫が調べたいと言い出しても落ち着いているのだ。

「姫っ」

まずいですっ、と目で訴える。

が、愛華は凛(りん)とした表情のまま、あわてるな、とうなずく。

なんと頼もしい姫なのか。しかし、まずいことには変わりない。

「縄は解かずともよいから、辰之介も同行させろ」

と、愛華が言う。わかりました、とうなずき、辰之介に、立ちあがれ、と権田が命じた。

紫苑は最後に強く締めて、辰之介をうめかせると、女陰を引きあげていく。

「あ、ああ……」

女陰で魔羅の裏すじをこすられ、辰之介はさらにうめく。

女陰から魔羅が出た。すでに二発出していたが、天を衝(つ)いている。

「姫の身が危ないというのに、よく勃(た)たせているものだ。守谷、おまえは意外と大物なのかもしれぬのう」

精汁と紫苑の蜜まみれの魔羅を見ながら、権田がそう言う。

美菜は悲しそうな目を向けている。が、そらしはしない。二度出しても見事な反り返りを見せている許婚の魔羅を見ている。

愛華はちらりと見て、すぐに目をそらした。

「立て、守谷。いつまで寝ているっ」

と、権田に言われ、辰之介は立ちあがった。

「では、行きますか、姫」

と、権田が言い、後ろ手に縛られたままの愛華を先頭に、座敷を出た。

二

「あの、下帯(したおび)だけでもつけてもよろしいでしょうか」

と、辰之介は権田に聞く。

「そのままでよい。見事に勃たせているではないか。隠すことはないぞ。姫もそう思いますよね」

「好きにせいっ」

愛華が吐き捨てるように言った。このようなときに勃たせて、姫に嫌われたようだ。

廊下を出て、奥へと進む。

突き当たりを右に曲がると、愛華が足を止めた。

「どうなさいましたか、姫」

と、背後より権田が聞く。その目は、薄手の黒装束に包まれた尻に向いている。

そこも高く張り出している。

腰はくびれ、姫は紫苑も顔負けの躰つきをしていた。

「ここを開け」

と、足下を見て、愛華が言う。

「そこは廊下でございますが」

「なにを言う。ここに地下への階段があるであろう」

見取り図にそうあったのだろう。そこに隠しているのなら、すでに権田が移動させているはずだ。

「地下への階段などございません」

「そのようなことはない。山崎っ、開けろっ」

いきなり姫に名前を呼ばれ、番方の山崎は目を見はる。

「姫っ、私の名をご存じなのですか」

「当たり前であろう。村松道場の門弟ではないか」

当たり前かもしれないが、姫に名を呼ばれ、山崎は感激していた。

「ここを開け」

と、足下を突く。はっ、と山崎がその場にしゃがみ、廊下を探る。

「なにもございません」

「そのようなことはない。辰之介、開けっ」

と、愛華が振り向き、辰之介に命じる。魔羅が目に入ったのか、美貌をしかめる。辰之介の魔羅はまだ天を衝いていた。権田同様、姫の尻を見てしまい、勃起が続いていた。

はっ、と辰之介は前に出た。しゃがむと、廊下を探る。

「なにもなかろう、守谷」

と、権田が言う。

丁寧に廊下をさすっていると、わずかに違和感を覚えた。わずかなとっかかりを見つけ、そこに指を入れて、引いていく。

すると板があがって、階段が見えた。

「これはっ」

「やっぱり、地下室があるな」

愛華が先頭で降りていく。地下に八畳ほどの空間があったが、がらんとしていた。埃(ほこり)は積もっていない。

「なにかを持ち出したようだな」

と、愛華が権田をにらみつける。が、権田はまったく動じず、

「どこに証があるのですか、姫」

と言って、またも、高く張り出している胸もとのまわりを撫でている。

「そうか。作事方の田端か。田端も横領にかかわっているのだな」

「姫、そろそろ守谷の妄想から離れませんか。私たちは不正などせず、まじめに愚直に藩のために日々、働いているのです。わかってください」

そう言う権田の目がぎらぎらしはじめる。これから、姫に詫びさせるつもりなのだ。

「どこに隠したっ」

「だから、不正などないのです。姫、座敷に戻りましょう」

後ろ手の縄をぐいっと引き、さあ、上がって、と背中を押す。

納得できない愛華が、階段の前で動かないでいると、

「ほらっ、姫っ」

と、恐れ多くも、権田が黒装束越しに、愛華の尻をたたいた。

「なにをするっ。無礼なっ」

と、愛華が首をねじってにらみつけるも、権田は勝ち誇ったような顔をして、ほらほら、姫、と尻を押す。

「権田様っ、姫になにをなさっているのですかっ」

と、辰之介が声をあげるも、まったく意に介していない。

「自分で上がらないのなら、抱きかかえてあげましょうか」

そう言って、背後より胸もとに手を伸ばしてくる。

そして驚くことに、黒装束越しに胸の隆起をつかんだのだ。

「無礼者っ」

首をねじり、愛華が国家老の顔面に平手を見舞う。

が、権田はまったく引かず、むしろ、むぎゅっとつかんでいく。

「なにをなさるっ」

「おのれっ、権田っ」

さらに平手を見舞うも、権田は姫の胸から手を放さない。

「おやめくださいっ」

辰之介は権田の手をつかみ、引き離そうとする。

「邪魔するなっ、守谷っ」

権田は姫の胸から手を放せなくなっているようだ。強くつかみ、揉みはじめた。

「ああ、なんという揉み心地っ」

生地が薄いだけに、乳房の感触が手のひらに伝わってくるのであろう。

「恥を知れっ、権田っ」

愛華が階段を駆けあがっていく。胸から手が離れると、姫っ、と権田は追うように階段を上がっていく。

廊下まで上がった愛華が走り出す。が、後ろ手に縛られているため、すぐに権田に追いつかれる。

「捕まえましたぞ、姫」

またも背後より胸を鷲づかみにして、動きを封じる。

「放せっ、権田っ」

「姫、約束は守っていただきますよ」

そう言って、黒装束越しとはいえ、姫のうなじに顔を押しつける。

「放せっ、権田っ。切腹ものだっ」

愛華が叫ぶも、権田は姫を背後より抱きしめ、うなじの匂いをくんくん嗅いでいる。

「ああ、たまらん……まったくおなごとして違う……ああ、この匂いはなんだ」

「放せっ。辰之介、なにをしているっ、引き離せっ」

はっ、と辰之介は権田を背後からつかみ、引っぱっていく。

権田の手から逃れた愛華が座敷へと走り、開けろっ、と声をかけた。

はい、と紫苑が襖を開いた。愛華が飛びこみ、美菜のもとへと走る。そして、

「解くのだっ」

と命じる。紫苑も美菜も裸のままで待っていた。

美菜が愛華の背後にまわり、手首に巻かれた縄を解きはじめる。そこに、権田が入ってきた。

縄を解くな、とは命じず、紫苑に、辰之介に抱きつけ、と命じる。

姫っ、と座敷に入ってきた辰之介に、紫苑が抱きついていく。動きを封じられた辰之介の太い腕を、山崎がつかんだ。後ろ手にねじあげ、交叉(こうさ)させた手首に縄をかけていく。

辰之介が後ろ手に縛られていくなか、愛華の両腕は自由となった。

「美菜っ、小袖を着なさいっ」

と命じる。が、美菜は窺(うかが)うように国家老を見る。

「なにをしているっ。姫の私が命じているのだぞ」

「しかし……権田様が……」

「なにを言っている。私は高杉藩五万石の姫であるぞっ」

美菜は小袖を着ようとしない。

「そういうことですよ、姫。今、高杉藩でいちばんの権力者は、この権田なのですよ」

「なにを言っているっ」

くださいませ」

 愛華は国家老をにらみつける。

「さあ、姫、約束を守ってもらいましょうか。そうですな。まずは、乳を見せてください」

 ぎらぎらさせた目で姫を見つめつつ、そう言う。

「権田様っ、真に姫のすべてをご覧になるおつもりなのですかっ」

 裸のまま後ろ手に縛られた辰之介が叫ぶ。

「当たり前だ。わしはあらぬ疑いをかけられたのだぞ」

 権田は高杉藩を自分のものにした気でいる。

「おまえたち、廊下に出ておれ」

と、山崎のふたりの家臣に、権田が命じる。ふたりは泣きそうな顔になったが、はっ、と廊下に出て、襖を閉めた。

 座敷の中の男は、権田、山崎、そして辰之介だけとなる。おなごは、愛華に紫苑、そして美菜だ。おなごは愛華だけ黒装束を着ている。

「さあ、姫らしく、潔く脱いでいただきましょうか」

「おのれ……権田……」

 愛華は歯ぎしりするも、

「姫っ、なりませんっ」

辰之介は叫ぶ。

「なりませんと言いながら、ずっと大きくさせているのは誰かしら」

そう言って、紫苑が反り返ったままの魔羅をつかんでくる。ぐいっとしごかれ、ううっ、と辰之介はうめく。

このような状況でも勃起させているなど最低であったが、どうしようもなかった。紫苑も美菜も裸で、姫も躰つきのあらわな黒装束姿なのだ。

愛華が黒装束に手をかけ、上半身を諸肌（もろはだ）脱ぎにする。

その刹那、座敷の空気が変わった。

三

いきなり、姫の乳房があらわれていた。

「な、なんと」

権田が目を見はる。いや、権田だけではない、山崎も、紫苑も、美菜も目を見はっていた。

もちろん、辰之介も釘づけとなる。辰之介は井戸端で一度、姫の乳房を見ていた。これで二度目だったが、あのときとはまったく状況が違っていた。

井戸端では、汗を拭うために男同様、稽古着を諸肌脱ぎにして、晒を取ったにすぎない。が、今は、権田の目を楽しませるために、乳房を出していた。

見事なお椀形の乳房に、みなが息を呑む。

黒装束からあらわになった乳房は抜けるように白く、それゆえ、さらに美しく映えていた。

愛華は乳房を隠すことなく、権田にさらしつづける。

「下が残っていますぞ、姫」

と、権田が言う。その声がうわずっている。

権田が愛華の縄を解くのを止めなかった理由がわかった。姫自身の手で、裸になるところが見たかったのだ。

「乳で充分であろう」

「まさか。乳を出しただけで、ゆるされるとお思いですか、姫」

権田が恥部もさらさせようとしている。

このようなことがあってよいのか。姫が恥をさらすことがあってよいのか。家臣として、それを見て、勃起させてよいのか。

止めなければ。

「わかった……」

愛華の手が、下半身を包んでいる黒装束にかかる。

「なりませんっ」

と、駆け寄ろうとして、辰之介はうめいた。

紫苑に魔羅をつかまれたままだったのだ。それで動けない。

愛華が躰にぴったり貼りついている黒装束をさらに下げはじめる。

みなが押し黙って姫が脱ぐ姿を見ている。

平らなお腹があらわれる。腰のくびれが美しい。折れそうなほどだ。

「これは……」

数えきれないくらいおなご遊びをして、側女を三人も持っている権田でさえ、姫の姿に圧倒されている。

山崎は腰を震わせている。おそらく、大量の我慢汁を出しているはずだ。

辰之介も黒装束を剝き下げる姿を見ている間に、どろりと大量の我慢汁を出していた。これだけで、切腹ものである。

愛華は恥部の真上まで剝き下げたところで、手を止めた。

「なにを止めているのです、姫」

と、権田が言った。

「これ以上、下げるわけにはいかぬ……」

「なぜです。すべてをお見せになる約束ですよ、姫」

愛華が辰之介を見た。ほんの刹那、救いを求めるような眼差しとなった。

「姫っ」

駆け寄ろうとしてとして、またうめく。紫苑が魔羅をずっと握ったまま放さないのだ。

「おまえ、なんだ、その我慢汁は。姫の躰を見て、そんなものを出すとはのう」

「申し訳ございませんっ」

おそらく権田も出しているはずだが、わからない。魔羅をあらわにさせているのは、辰之介だけだからだ。

「どう思いますか、姫」

と、権田が聞く。

「我慢せずとも、精汁を放てばよい」

と、愛華が言う。

「姫……」

姫の躰を見ながら出すなんて、ありえない。

「出してよいそうだぞ、守谷。ほら、紫苑、しごいてやれ」

と、権田が言う。紫苑が白くて細い指で、反り返った魔羅をしごきはじめる。

「あっ、やめろっ、やめろっ」

辰之介は腰をくねらせ、叫ぶ。

「やめてくれっ」

辰之介は精汁を放ちそうになる。もうお終(しま)いだ、と思った刹那、紫苑がさっと手を引く。

ぎりぎり射精は免れる。

「姫の女陰を見ながら、出せばよい」

と、紫苑が言う。辰之介を見る目が光っている。

それはそれで、最悪ではないのか。どうせ生き恥をかくのなら、今、出したほうがまだましなのではないか。が、紫苑はもう握ってさえこない。さらなる我慢汁を、だらだらと出しつづける。

「さあ、もっと下げてください」

愛華は国家老を澄んだ瞳でにらみつけつつ、黒装束を自らの手でぐぐっとさらに下げていった。

姫の恥部があらわれた。

「これはっ、なんとっ」

権田が感嘆の声をあげる。山崎はふらついていた。辰之介も大量の我慢汁を出す。

愛華の陰りは薄かった。それゆえ、いきなり姫の割れ目が、高杉藩五万石の割れ目があらわになっていた。

愛華は割れ目を隠すことなく、家臣にさらしつづけた。

「ううっ」

とうめき、山崎が腰を震わせた。

「山崎、おまえ、もしや出したのか」

と、権田が聞く。申し訳ございませんっ、と山崎はその場に両膝(もろひざ)をつき、姫に向かって額を畳にこすりつける。

「辰之介はぎりぎり射精していないわ」

と、紫苑が言い、ちょんと鎌首を突いた。

その刹那、辰之介は雄叫びをあげていた。

「おうっ」

と、声をあげ、姫の割れ目を見ながら射精させていた。

今宵、三発目だったが、大量の飛沫が宙を飛び、畳に落ちていく。

「辰之介様……」

美菜が泣きそうな顔で、辰之介の姿を見ている。

「派手に出したな、守谷」

権田があきれた声をあげている間も、脈動は続いていた。

ようやく鎮まると、辰之介も山崎同様、その場に両膝をついた。後ろ手に縛られた姿で、申し訳ございませんっ、と額を畳にこすりつける。

「これで、気がすんだだろう、権田」

と、愛華が言う。

「まさか、まだなにも見ておりませんぞ、姫」

「なにも見ておらぬ……私の乳も、割れ目も今、目にしているではないか。山崎も辰之介も精汁を出したではないか」

「割れ目の奥を見ておりません、姫」

と、権田が言い、

「もう、おやめくださいっ」

と、辰之介は顔を上げて、国家老に訴える。

「横領の疑いを持ったのは私なのですっ。姫に探索をおねがいしたのも、私です。すべて、私が悪いのですっ。罰を受けるのは、私だけで充分ですっ」

「私を庇うなっ、辰之介っ」

愛華が強い口調でそう言う。

「しかし、姫っ」

「見たいのなら、見るがよい」

と、愛華が剝き出しの割れ目に指を添える。

「姫様っ、それはっ」

と、美菜が叫び、愛華に駆けよる。そして、愛華の手首をつかむ。

「美菜……」

と、名前を呼ばれ、姫の手首をつかんでいることに気づき、はっとして美菜は、さっと手を引いた。

「おまえは生娘のままなのか」

「はい……」

「そうか。それはよかった。辰之介に捧げるがよい」

愛華があらためて、自分の割れ目に指を添える。

姫っ、姫様っ、と辰之介と美菜の悲痛な叫びが座敷の空気を震わせるなか、愛華が割れ目を開いていった。

姫の花びらが、家臣の前にあらわれた。

「お、おうっ」

権田が雄叫びをあげた。辰之介も山崎も両膝をついたまま、姫の花びらを凝視している。

乳房は二度目だったが、女陰ははじめてだ。

姫の花びらは清廉であった。一点の穢れもない花びら。どこまでも可憐な桃色。

こうして見ているだけでも、視線で穢してしまっているような気がして、恐れ多い。

が、穢してしまっているかもという思いが、辰之介に、いや、ほかの家臣にも、異常な昂りをもたらしていた。

「もう、よかろう」

と、愛華が割れ目を閉じようとする。

「お待ちくださいっ、姫っ。あと少しだけっ」

と、権田が言う。

愛華は権田に従い、割れ目を開きつづける。

「もっと開いて、奥まで見せてください、姫」

と、権田が言う。

愛華がさらに開かないでいると、ひねろ、と権田が紫苑に言った。すると、膝をついたままの辰之介の股間に、紫苑が手を伸ばしてきた。

「あら、三度も出したのに、もう勃っているわ。そんなに姫様の女陰はいいのかしら」

と、紫苑が言い、愛華や美菜が辰之介の股間に目を向けてきた。半勃ちだったものが、姫と許婚に同時に見られて、ぐぐっと反り返る。

萎(な)えろっ、と言い聞かせても無理だった。

「ほう、守谷、おぬしはわしと同類か」

権田がうれしそうな顔を見せる。

いやだっ。こんなげすな男と同類ではないっ。

「姫様、こんな家臣、どうお思いになりますか」

と、恐れ多くも、側女がなれなれしく尋ねる。

「辰之介は頼もしい家臣だ」

「やっぱり、ここが頼もしいですか」

と言って、紫苑が魔羅をつかんできた。いきなり、ぐっとひねる。

「うぐっ」

激痛が走り、辰之介がうめく。

「折ってもよいぞ」

と、権田が言う。

「待て……」

愛華が止め、自らの指で割れ目をさらに開いていく。

四

花びらがあらわになる。

奥が見えた。あれが処女花。

「あら、ますます硬くなってきたわ。姫の処女花を見て、こんなに勃たせる家臣でいいのですか」

と、紫苑が聞く。

愛華はそれには答えず、処女花を家臣にさらしつづける。さすがに恥じらいを覚えるのか、優美な頬がほんのりと染まる。

「あ、ああ……あああ……姫……」

山崎は躰をがくがく震わせている。

「山崎、また勝手に出すなよ」

と、権田が言う。

「ほう、露が出てきましたな、姫」

と、権田が目を光らせる。

たしかに桃色の無垢な花びらが、じわっと潤いはじめていた。

これはどういうことなのか。家臣に花びらの奥までさらして、まさか感じているのか……そのようなことがあるのだろうか。

「わしに見られて感じてくださるとは、光栄です、姫」

そう言いながら、権田は愛華のもとへと寄っていく。すると辰之介から、花びらが見えなくなる。

邪魔だっ、権田っ。

と、思わず心の中で舌打ちする。そして、姫の花びらが見えなくなって、舌打ちした自分に驚く。

なんてことだ。これでは、権田と同じではないか。

「ほう、これはこれは」

権田が愛華の股間にあぶらぎった顔を寄せていく。

「権田様っ、なりませんっ」

と、辰之介は声をかける。

権田は割れ目のそばまで顔を寄せ、花びらの匂いをくんくんと嗅ぐ。

「な、なにをしている、権田」

「姫の花びらの匂いを嗅がせていただいております。ああ、なんとも芳しい」

権田が愛華の恥部に顔面を押しつけようとした。

「無礼なっ」

と、愛華が膝をぶつけていった。額を押され、権田がひっくり返る。

ている。

「権田様っ」

と、山崎があわてて、そばに寄る。が、権田を案じるより先に、姫の恥部を見
愛華は割れ目から手を離していた。すでに、割れ目はぴたっと閉じている。

権田が起きあがった。

すぐさま、愛華の恥部に顔を寄せていく。

「もう一度、膝蹴りをなされたら、守谷の魔羅を折りますぞ、姫」

そう脅し、動かない愛華の恥部に顔面を押しつけていった。

「なりませんっ」

辰之介も立ちあがっていた。魔羅を揺らして権田に迫り、背後から抱きつき、
引き離そうとする。

「うう、ううっ」

権田はうなりながら、姫の恥部に顔面をこすりつづけている。

それが偶然、おさねに当たったのか、愛華が、

「あっ」

と、甘い声を洩らした。

みなの動きが止まった。

権田はすぐに、額を姫のおさねに強く押しつけていく。すると、

「あっ、あんっ」

と、またも愛華が甘い声をあげていた。

「姫……」

これには辰之介も驚き、そしてさらに昂っていた。

姫が喘ぎ声を……しかも、権田に責められて……。

「離れろ、権田」

と命じるも、声が甘くかすれて、さきほどまでの迫力がなくなっていた。

それにつけこみ、権田はおさねを額で責めつづける。そしてそれに、愛華がおなごの反応を見せてしまう。

「あっ、ああ……」

どうしてだっ、権田に責められ、どうして、そんな声を出すのですかっ、姫っ。

辰之介は渾身の力をこめて、権田の顔面を愛華の恥部から引き離す。

「山崎っ、守谷を離せっ」

と、権田が命じる。が、山崎が動く前に、紫苑が辰之介の尻から手を伸ばし、

勃起した魔羅をつかんだ。ぐっと曲げていく。

「痛いっ」

辰之介は権田の腰から手を引いた。紫苑は容赦なく曲げていく。

「ぐえっ」

辰之介は口から泡を吹いて倒れた。

「辰之介っ」

愛華が辰之介のそばにしゃがみ、顔をのぞきこんでくる。たわわな乳房が迫り、辰之介は恍惚の眼差しで見あげる。

「大事ないか」

「はい……」

「よかった」

と、愛華が辰之介を抱きよせた。辰之介の顔面が姫の豊満な乳房に包まれる。

「う、うう……」

魔羅の痛みなど消えていた。顔面が愛華の匂いに包まれる。

魔羅がひくひく動く。

「辰之介、また出すんじゃないかしら」

と言って、紫苑が魔羅をつかんできた。姫の乳房を顔面に感じながら、紫苑の手でしごかれる。

「う、ううっ……」

辰之介は腰をくねらせていた。気持ちよくて、じっとしていられない。

「出すのかしら」

「もう、出すなっ」

と、愛華が乳房を引こうとしたが、辰之介は思わず姫の背中に腕をまわし、さらに強く押しつけていた。

「ううっ」

辰之介は射精していた。またも、宙に精汁を放っていた。

美菜に恥まみれの姿をさらしていたが、この世のものとは思えぬ気持ちよさに、躰を震わせていた。

「また、出したのか。精汁というのは、おなごの穴に出すものだ。空砲を撃ちすぎだ、守谷」

そう言うと、権田が愛華に抱きついていった。

「姫っ」

と、唇を奪おうとする。すると山崎が、

「権田様っ、いけませんっ」

と、血相を変えて、権田を止めた。口吸いをしようとする権田の首に太い腕をまわし、ぐいぐい締めていった。

「お殿様っ」

紫苑が声をかけたときには、権田は落とされていた。

我に返った山崎が、権田様っ、と躰を揺する。が、権田は白目を剥いたままだった。

「お殿様を落とすなんて、山崎」

と、紫苑がにらみつける。

「ああ、なんてことをっ」

と、畳をたたく山崎の手を、愛華がつかんだ。

「ありがとう、山崎」

「姫……」

愛華が山崎を引きよせ、たわわな乳房で顔面を覆った。

「う、うう……」

山崎はうめきつつ、またも下帯に射精させていた。

五

「辰之介っ、それに山崎っ、居残り稽古だっ」

翌朝の道場での朝稽古。たっぷりと汗を流したあと、愛華は辰之介だけではなく、山崎も指名した。山崎が指名を受けるのははじめてで、門弟たちが羨ましそうに山崎を見た。

指名を受けた山崎は固まっていた。

門弟たちが出ていったあと、愛華は辰之介と山崎相手にあらためて汗を流し、そのあと井戸端に向かった。

辰之介が桶で井戸水を汲みあげていると、愛華が諸肌脱ぎとなった。あらわになった鎖骨や二の腕が汗で絖光っている。

「姫、どうぞ」

と、桶を置くと、愛華が胸もとの晒も取った。

たわわな乳房があらわれ、昨晩のことを思い出したのか、山崎が、あっ、と声をあげた。

お椀形のふくらみには、無数の汗の雫が浮いている。それが次々と乳房の谷間に流れ落ちている。

「山崎、昨晩は助かった。おまえのおかげで、権田の口吸いを受けずにすんだ」

山崎は愛華の乳房を凝視したままだ。

「権田がおまえになにか言ってきたら、私に言うのだ」

「ありがとうございます、姫」

山崎が頭を下げる。そしてすぐに、手拭で形を変えていく姫の乳房に視線を戻す。

顔面で乳房を受けたことを思い出しているのだろう。辰之介もそうだった。姫の匂いに包まれたときは、極楽だった。

「権田が裏帳簿をどこに隠しているか、心当たりはないか」

乳房の汗を拭いつつ、愛華が山崎に聞く。

「わかりません……」

「そうか。なにか思い出したらすぐに、辰之介に話してくれ」

山崎は惚けたような顔で、愛華の乳房を見つづけていた。

高杉城の大広間。

上座に艶(あで)やかな打掛姿の愛華が座り、下座に辰之介と作事方の田端謙吾が座っていた。ふたりとも、額を畳に押しつけている。

「面(おもて)を上げ」

と、愛華の声が大広間に響く。

顔を上げ、愛華の姿を目にした田端が、はっとした表情を浮かべる。その美貌に圧倒されているのだ。

作事方であっても、こうして姫と顔を合わせることなどほとんどない。間近に着飾った姫を見て、目を見はっている。

「田端、権田の側女である紫苑の屋敷だが、あの見取り図には載っていない部屋があるのではないか」

と、愛華が聞いた。

隠し部屋か。なるほど。あるかもしれない。

「いいえ、そのようなものは、ございません」

と、田端が答える。

「真か」

「はい……」

愛華が立ちあがった。下座に向かってくる。

「姫……」

愛華が田端の前に膝をついた。そして、頭を下げている田端のあごを摘まみ、面を上げさせる。

「私の目を見ろ、田端」

田端が愛華の目を見る。が、すぐにそらす。

「どうした、田端。なにか私に、高杉藩五万石の姫の私に、隠していることはないか」

「ご、ございません……」

「ほら、見ろ」

愛華が、澄んだ瞳で田端を見つめる。昨晩、自らの手で割れ目を開き、家臣に花びらの奥までさらした姫とは思えない。

もしかして、昨晩の恥態はわしの妄想だったのか、と辰之介は思う。

愛華が田端のあごから手を引くと、帯に手をかけた。結び目を解いていく。

「姫っ」

辰之介が驚きの声をあげる。田端は声すら出せないでいる。

そんななか、愛華が帯を解き、前をひらいた。

「あっ」

辰之介は目を見はった。姫は肌襦袢を着ていなかったのだ。いきなり、たわわな乳房があらわれた。

「田端」

と、名を呼ぶと、田端の髷をつかみ、顔面を乳房に寄せていく。

「あ、あわわ……」

田端はがくがくと躰を震わせている。

「なにか思い出したか」

「い、いいえ……」

「思い出したら、この乳に顔を埋めてよいぞ、田端」

「ひ、姫……」

田端は緊張しきっている。それでいて、お椀形の美麗な乳房を瞬きさえ惜しむように見ている。

「思い出さないか」

愛華は田端を押しやると、辰之介ににじり寄った。

姫の乳房が迫り、甘い匂いが辰之介の鼻孔をくすぐる。その刹那、一気に勃起させていた。

愛華は辰之介の髷をつかむと、あらわな乳房に顔面を引きよせてきた。

「あっ、姫っ」

辰之介の顔面が姫の乳房に包まれた。

「うぐ、うぐぐ……」

まさか昼間から、城の中で姫の乳房を顔面で感じられるとは。

このような幸せは、姫の夫となられる御方しか味わうことができないはずであった。いや、夫でさえ、このようなことを受けることができるとは限らない。相手は姫なのだ。

「どうだ。田端、なにか思い出したか」

「あ、あの……」

「なんだ」

「地下の部屋の奥に……もうひとつ部屋が……ございます」

「そうか。よく申した。褒美をくれよう」

愛華は辰之介の顔面を乳房から離すと、田端の前へとにじり寄り、髷をつかむと、その顔面に乳房を押しつけていった。

「う、ううっ」

田端が感激のうめきをあげる。姫の乳房に埋もれ、恍惚の表情を浮かべている。

「田端、おまえも藩の金を懐に入れているのか」

乳房を押しつけながら、愛華が聞く。

「う、ううっ」

田端はかぶりを振っている。

愛華が乳房を引いた。

「私は横領などしておりませんっ」

「権田はやっておるのだな」

「知りません……」

愛華がまた、田端の顔面に乳房を押しつけようとした。田端は恍惚の表情で待つも、ぎりぎりで押しつけてこない。

「姫……」

「権田は我が藩の公金を懐に入れているのか、田端」

「そ、それは……」

田端はなかなかはっきり答えない。

「辰之介、乳首を吸え」

隣で膝をついている辰之介に向かって、愛華がそう言う。

「えっ、しかし姫……」

「私の乳首を吸いたくないと申すのか」

「いいえっ……」

「口答えするな」

「申し訳ございませんっ」

と謝り、辰之介は愛華の乳房に顔を寄せていく。愛華の乳首はさきほどより、わずかに芽吹いていた。

失礼いたします、と言って、姫の乳首に吸いついた。

「あっ……」

と、愛華が甘い声をあげた。

その声に煽(あお)られ、辰之介は愛華の乳首をちゅうちゅう吸っていく。

「ああ、よいぞ……辰之介……あ、ああ……」

辰之介の乳首吸いに喘ぐ姫を、田端はぎらつかせた目で見ている。

「権田様は……」

「なんだ、田端」

「権田様は、藩の公金を横領なさっていますっ。おそらく、地下の秘密の部屋に、裏帳簿を隠しておられると思いますっ」

「よく言った、田端っ」

愛華が辰之介の顔面から乳房を引き、田端の顔面に押しつけていく。

「う、うう……」

「乳首、吸ってよいぞっ。褒美だっ、田端っ」

田端が姫の乳首に吸いついた。

「あ、ああ……」

乳首を吸われて喘ぐ姫の顔を見て、辰之介は暴発しそうになっていた。

第五章　姫の花

一

四つ（午後十時）。

「これは、姫、このような刻限にどういった御用ですか」

辰之介は愛華とともに、紫苑の屋敷を訪ねていた。権田が出てきた。裸であった。姫を前にしても隠すことなく、堂々と魔羅を出している。

その魔羅は蜜で絖っていた。紫苑とまぐわっている最中のようだった。

「側女と戯れているところを邪魔するぞ、権田」

「なにごとですか」

権田は落ち着いていた。辰之介の背後に立つ山崎をぎろりとにらむ。

「藩の公金を横領している疑いだ」

そう言うと、愛華が上がった。あとに、辰之介と山崎が続く。

座敷から紫苑が出てきた。やはり、裸だった。全身、あぶら汗で絖っている。たわわな乳房がそそった。

「邪魔だ、紫苑」

愛華は紫苑の裸体を押しやり、廊下を進む。

「姫っ、いくら姫でも、これは無謀ですぞっ。なにも証が出てこなかったら、今度こそ、ただではすみませんぞっ」

背後より権田が声をかけてくる。あせっていないのが怖い。もしや、田端が裏切っているのでは……辰之介は不安になる。

愛華が立ち止まった。振り返る。

「なにも出てこなかったら、権田、おまえの好きにしろっ」

と、愛華が言う。

「好きにしろというのは、どういう意味ですか、姫」

「言葉どおりだっ」

と、愛華が言い放つ。

「姫、二言はありませぬぞ」

と、権田がにやりと笑う。

愛華は前を向き、廊下を曲がり、地下の部屋へと続く入口の板を辰之介に上げさせる。辰之介が上げると、愛華が階段を降りていく。

これで二度目の探索だ。これでなにも出てこなかったら、さすがにまずい。

地下に降りた。昨晩と変わらず、がらんとしている。

愛華が、辰之介に声をかけた。はっ、と返事をすると、辰之介は右手の棚に向かった。上から二段目の書物を数冊抜くと、奥の壁に小さな突起があった。田端が言ったとおりだ。

その突起を押すと、ががらと音がして、壁が動いた。

「奥にも隠し部屋を作っていたとはな、権田」

と、愛華が勝ち誇ったように権田を見るが、権田は余裕の顔でいる。魔羅は相変わらず、天を向いている。

その勃起させたままの魔羅を見て、辰之介はあわてる。隠し部屋には、隠していないのではないのか……さすがの権田も証の品を姫に見られると思うと、萎(な)えるだろう。

堂々とした魔羅が、余裕のなによりの証である。

辰之介と山崎の手で棚を移動させる。そして、愛華が奥の隠し部屋に入った。

「これはっ」

隠し部屋は四畳半ほどであったが、所狭しと帳簿が置かれていた。

愛華がそのひとつを取り、開き、ぱらぱらとめくる。

「これは裏帳簿であるなっ」

見てみろ、と愛華が辰之介に言う。辰之介も近くの帳簿を手に取り、めくる。

「まさに、裏帳簿です」

あったのだ。これで権田は終わりだ。

「権田、これはなんだっ。どう言い訳するっ」

と、愛華が権田の魔羅に向かって、裏帳簿を突き出す。権田の魔羅は変わらず反り返っている。

「守谷、よく見ろ」

と、権田が辰之介に声をかける。

反り返ったままの魔羅を見て、胸のざわつきを覚えた辰之介は、あらためて裏帳簿を見る。

「こ、これは……」

「どうした、辰之介」

「これは……先代の……松島様のときの帳簿です」

「えっ……」

愛華も別の帳簿の束を手に取り、食い入るように見る。

愛華の美貌が青ざめる。

「まさか、松島も藩の金を……横領していたというのか」

松島宗忠。権田が国家老になる前、二十年もの長い間にわたり、国家老を務めていた。今は隠居の身だ。

「姫、松島もというのは聞き捨てならないですな。も、ではなく、は、ですぞ」

そう言って、権田がぐっと魔羅を突き出す。今にも愛華の頬を突きそうだ。

愛華はそれにも気づかず、次々と帳簿を手にして、めくっている。

「これは真に裏帳簿なのか、辰之介っ」

「間違いありません」

「松島が……このようなことを……」

「私が国家老を継いですぐに、この裏帳簿を手に入れたのです」

「なにゆえ、殿に訴え出なかったのだ」

「このようなものが表沙汰になったら、藩の中はたいへんなことになります。それで、私がこうして隠しておいたのです」

「そうか……いや、おまえも藩の公金を懐に入れているはずだっ」

「まだそのような戯言をおっしゃるのですか。姫にしては往生際が悪いですぞ」

と、ついに鎌首で姫の頬を突いた。

「あっ……」

と、辰之介と山崎は驚きの声をあげたが、愛華はされるがままだ。それをよいことに、姫の高貴で優美な頬を、鎌首でなぞりはじめる。

「ひ、姫……」

鎌首が這う愛華の横顔がなんともそそる。

抜けるように白い肌に、淫水焼けした鎌首が淫らに映えている。

「辰之介っ、奥の帳簿も見ろっ。混ぜているかもしれぬ」

愛華にそう言われ、辰之介は奥の帳簿を手にして、ぱらぱらとめくるが、権田が国家老になる前のものであった。

愛華は呆然と裏帳簿の山を見ている。

「私は藩の公金を懐に入れているのではなく、前の国家老の悪事をここに隠していただけです」

「そんな……」

「さあ、姫、座敷に戻りましょう。それとも、ここでわしの魔羅をしゃぶってくれますかな」

調子に乗った権田が、鎌首を姫の唇に押しつけた。

「姫っ」

と、辰之介と山崎が叫ぶも、愛華は払ったりはしない。唇は閉じていたが、押しつけられるままだ。

「詫びの尺八を吹いてもらいますかな、姫」

権田が鎌首を愛華の唇にこすりつけていく。

「姫、口を開いて、舌を出すのです」

驚きと失望が大きいのか、愛華は権田の鎌首から唇を引かないでいる。それどころか、唇を開きはじめた。

「姫っ、なりませんっ」

辰之介は裏帳簿を放り出し、愛華に迫った。

愛華が舌を出し、鎌首をぺろりと舐めた。すると、さすがの権田も、

「おうっ」

と、ひと舐めだけで雄叫びをあげた。辰之介顔負けの大量の先走りの汁を出す。

それをぺろりと舐めて、愛華は我に返った。

「無礼なっ」

と、鼻先でひくつく魔羅を手で払った。ううっ、と権田がうなり、尻餅をつく。

愛華は立ちあがると、四畳半を出る。

魔羅を張られてうめいていたが、権田も立ちあがる。

愛華は地下の隠し部屋を抜けると、階段を上がっていく。姫っ、と辰之介と山崎も従った。

一階に上がり、廊下に出ると、歩いていく。そのまま帰るのか、と思ったが、
愛華は座敷の襖を開いた。

すると、そこから、

「あっ、ああっ」

と、紫苑のよがり声が聞こえてきた。

「田端っ、おまえっ」

愛華が血相を変えて、座敷の中に入っていく。辰之介と山崎も続いた。

二

作事方の田端が、畳に磔にされていた。裸だった。紫苑が白い太腿で股間を跨ぎ、茶臼で繋がっていた。

「姫っ」

「田端、色責めを受けて、私を裏切ったのかっ」

茶臼で責められ、うめいている田端の顔の横に膝をつき、愛華が怒りを含んだ美しい瞳でのぞきこむ。

「あっ、ああああっ、姫っ」

田端が腰を震わせ、紫苑が、ああっ、とあごを反らした。

どうやら愛華の美貌を間近に見て、射精させたようだ。

姫を見ながら、紫苑の女陰に出すとは、なんという贅沢。辰之介は不謹慎にも田端が羨ましいと思ってしまう。

「出したのか。私の顔を見て、出したのか」

「申し訳、ございませんっ……う、ううっ……」

姫に謝りつつ、田端はうめく。おそらく、紫苑が締めているのだろう。

「今宵、何度目だ」

「ああ、わかりません……」

「四発目ですよ、姫」

腰をうねらせつつ、紫苑がそう言う。

「紫苑の女陰に負けて、私を裏切ったのか」

「いいえっ、う、ううっ、そのようなことはっ、ございませんっ」

田端は全身あぶら汗にまみれている。おそらく短い間隔で、出しつづけているのだろう。

「おまえが、私が地下の秘密の部屋を知ったことを、権田に話したのだな」

「う、ううっ、申し訳、ございませんっ」

「私の乳より、紫苑の女陰がよいのか」

と、愛華が聞く。

「いいえっ、姫の乳のほうがっ、よいですっ」

「なにっ」

と、紫苑が女陰を引きあげた。蜜まみれの魔羅があらわれ、ひくつく。

紫苑は右手で根元をつかむと、左手の手のひらで鎌首をこすりはじめた。

「あっ、ああっ、いけませんっ、紫苑様っ、いけませんっ」

田端の腰がぴくぴく動く。あらたなあぶら汗が出てくる。

「私の聞き違いかしら。姫の乳が私の女陰よりいいって言ってなかった、田端」

「いいえっ、言っていませんっ」

「じゃあ、どっちがいいのかしら」

「そ、それは……姫の乳が……」

なんですってっ、と紫苑が右手で魔羅をぐいぐいしごき、左手の手のひらで鎌首をこすりつづけた。

「あ、ああっ、あああっ、出るっ」

田端が磔にされた躰をがくがくと痙攣させて、五発目の精汁を放った。次々と精汁が噴き出し、紫苑の手のひらが汚れていくが、紫苑は構わず、さらに鎌首をこすりつづける。

「あ、ああっ、おやめくださいっ。あっ、ああっ」

田端の痙攣が激しくなってくる。

「どうした、田端っ」

と、愛華が声をかけ、また美貌を寄せていく。

「あぁっ、姫っ」

と叫び、田端がまた射精した。

紫苑が手のひらを引くと、精汁よりかなり薄い透明がかったものが噴き出してくる。

辰之介は小水かと思ったが、違っていた。

「シオ、たくさん噴くわね」

と、紫苑が言う。

シオ。これはシオなのか。

「う、ううっ」

田端はがくがくと痙攣させつつ、口から泡を吹いた。精汁、そしてシオと出しすぎで、白目を剝く。

「情けないやつだ」

権田が座敷に入ってくる。

「権田っ、おまえ、田端を色責めにかけて、私に秘密の部屋のことを話したことを白状させたのだな」

「さあ、なんの話でしょう」

権田がとぼける。

「姫、私の屋敷で家捜しをして、なにも出てこなかったのは、今宵で二度目です。昨晩は大目に見ましたが、今宵はゆるしませんよ」

権田が舐めるように愛華を見る。

「好きにすればよい」

と、捨て鉢に愛華が言う。

「そうですか。では、まずは吹いてもらいましょうか」

と、権田が言う。権田は裸のままで、しかも変わらず魔羅は天を衝いていた。恐るべき心臓だ。姫に探索されても、ずっと勃起させている魔羅を見ていると、この男には勝てないという気になる。

「吹くとはなんだ」

「姫がさきほど、やろうとしていたことですよ。紫苑、手本を見せてやれ」

と、権田が言う。すると紫苑が、大量のシオを吹き、すっかり萎えてしまった田端の魔羅にしゃぶりついていく。

「あっ、おやめくださいっ。もう、勃ちませんっ」

紫苑はぐっと頰をへこめ、根元から吸いあげていく。

「姫、田端が喜ぶように、小袖を脱いであげてください」

「裏切り者など、喜ばせたくはないっ」

と言いつつも、愛華は自ら小袖の帯に手をかける。二度も国家老の家捜しをして、二度も空振りに終わったのだ。

もしや、真に権田に処女花を捧げるつもりでいるのか……いや、それはないだろう……。

愛華の処女花は、愛華だけのものではない。この高杉藩五万石すべての藩士、すべての民のものでもあるのだ。

愛華が帯を解いた。前がはだけ、肌襦袢があらわれる。すると紫苑が、ううっとうなった。

「どうした、紫苑」

権田の問いに、紫苑が唇を引く。

「ああ、ご覧になってくださいませ」

さきほどまで萎えていた魔羅が、かなりたくましくなっていた。

「家臣の分際で、姫を見て勃たせるとは」

「姫、申し訳ございませんっ」

と叫び、田端は目を閉じるが、すぐに開いてしまう。姫の肌襦袢姿が視界に入ると、ぐぐっと力を帯びてくる。

愛華が小袖を脱いだ。そして、肌襦袢の腰紐にも手をかける。

「さすが姫。覚悟なさったようですな」

姫の処女花を散らせると確信したのか、権田の魔羅がさらにひとまわりたくましくなる。

愛華が肌襦袢の腰紐を解いた。前がはだけ、乳房があらわれる。

田端だけではなく、山崎もうなり、腰を震わせはじめる。田端の魔羅は完全に勃起を取り戻していた。

「ああっ、姫っ」

もちろん、辰之介も勃起させていた。勃起するなというのが無理な話だ。

愛華は権田に言われる前に、自ら肌襦袢も脱いでいった。

形よく張った乳房や平らなお腹があらわれ、その白い肌に、田端がうなる。

「あら、まだこんなに残っているのね」

田端の鈴口からあらたな我慢汁がにじみ出していた。

それを紫苑が手のひらで鎌首にひろげ、ふたたびこすりはじめる。

「ああ、やめてくれっ、やめてくれっ」

田端が縛られている躰をくねらせ、叫ぶ。

「さあ、姫、尺八を吹いてくださいい。その口で詫びていただこう」

愛華は腰巻だけの姿で、国家老の足下に膝をついた。高貴な美貌が魔羅に迫ると、それだけで権田も先走りの汁を出してしまう。

「姫……」

と呼びかけるも、辰之介は動けなかった。

三

愛華の唇が鎌首に迫る。

権田の魔羅がひくひく動く。愛華が唇を寄せようとしたとき、

「ああっ、出るっ」

と、田端が叫んだ。先端から紫苑が手を引くと、またもシオを噴きあげる。

「凄(すさ)まじいのう。田端、わしが姫とまぐわう前に、おぬし、干からびてしまうか

もな」

国家老の口から、姫とまぐわう、という言葉が出て、みながはっとなる。

が、当事者である愛華は、自分の処女花を散らすかもしれない肉の凶器を、うつろな目で見つめている。

こたびも証を見つけられず、しかも前任の国家老の悪事を見つけ、かなりこたえているようだ。

「姫っ、しっかりなさってくださいっ」

と、辰之介が声をかける。

愛華が辰之介を見たが、変わらず、うつろな目をしている。

「さあ、その口で詫びるのです、姫」

じれた権田が鎌首を愛華の唇に押しつけていく。愛華は避けなかった。それどころか、閉じていた唇をわずかに開き、舌をのぞかせる。

ちろりと権田の鎌首を舐めた。

「ううっ」

権田がうめいた。

「ひ、姫……」

辰之介と山崎、そして田端も目を見はっている。

愛華は舌を大きくのぞかせると、権田の先端を舐めはじめる。先走りの汁を丁寧に舌で舐め取っていく。が、すぐにあらたな我慢汁が出てくる。

それも愛華は舐めていく。

「ああ、たまらん、ああ、これはたまらんぞ」

権田が腰をくなくなさせている。

「ここを舐めてください、姫」

と、権田が自ら魔羅を持ちあげ、裏すじを指さす。

愛華は言われるまま、裏すじに舌腹を押しつけていく。ぺろぺろと舐めていく。

「う、ううっ」

権田がうめく。

「ひ、姫……」

なりません、という言葉が出ない。権田の裏すじを舐めている愛華の横顔に釘づけとなっている。

横顔はどこまでも高貴で品がある。その顔で、淫水焼けした魔羅を舐めているのだ。

卑猥（ひわい）だったが、美しくもあった。権田の魔羅が不気味ゆえ、よけい姫の高貴な美貌が映えていた。

これを見て、勃起しない男などいるのだろうか。元気のない男も一発でびんびんになるのではないのか。

愛華は裏すじを舐めあげつづけている。あらたな先走りの汁が出つづけ、裏すじまで垂れてきた。それを愛華は舐め取っていく。

「姫、ふぐりを舐めてくだされ」

と、権田が言う。声がうわずっている。

「ふぐり……」

「ここですぞ」

と、垂れ袋を指さす。

「これを舐めるのか。気持ちよいのか」

「気持ちよいですぞ」

愛華はいやとは言わなかった。美貌を下げると、垂れ袋にしゃぶりついていく。そして、ぱふぱふと垂れ袋に刺激を与えていく。

「ああ、そうです。なかなかうまいですぞ、姫。姫にはこうした才がおありになるのかもしれませんな」

姫にふぐりをぱふぱふされて、権田は上機嫌だ。

さらなる先走りの汁が出て、胴体を垂れていく。それを見た愛華がふぐりから唇を引き、先走りの汁を舐めあげていく。

「おう、姫……よいですぞ……手も使ってくださると、もっとよいですぞ」

権田が腰をくねらせながら、そう言うと、愛華は右手で魔羅の根元をつかみ、左手でふぐりを包んで、やわやわと刺激を送る。

なんてことだ。高杉藩五万石の姫が、家臣に奉仕している。しかも権田が言うとおり、うまい。

愛華は家臣に奉仕しているうちに、股間から放たれる権田の牡(おす)の性臭に当てられているように見えた。

「辰之介と山崎はどうするつもりなのだ、権田」

裏すじを舐めつつ、愛華が聞く。そのときだけ、見あげる眼差(まなざ)しに生気が戻った。

「本来なら、お役を解いて、謹慎でありますな」

「権田……」

愛華がすがるような目を権田に向ける。姫が家臣にすがっているのだ。

そんな目で見あげられ、権田の魔羅がひくひく動く。

「が、こうして姫がふぐりまで舐めてくださっておられる。私は感激しているのです。これは守谷と山崎を助けるために、やっておられるのですよね」

そうなのか。姫はわしと山崎を守るために、その身を犠牲にしているのか。唇を穢しているのか。

「ふたりをどうするのだ、権田」

「さて、どうしますかな」

と、権田がもったいをつける。すると愛華が唇を開き、野太く張った鎌首を咥えていった。

「姫っ」

辰之介と山崎が叫んでいた。

姫が、わしたちのために、権田の鎌首を……咥えていらっしゃるっ。

愛華はくびれまで含むと、ちゅちゅちゅう吸いはじめた。優美な頰がへこむ。それが不謹慎にも、そそる。

「まだまだ思いが伝わりませんのう、姫」

と、権田が言う。

調子に乗っている。できれば、ここで斬り捨てたい。

愛華がなじるように家臣を見あげ、反り返った胴体まで咥えていく。

「ああ、姫……」

権田がうめく。

「まだ、足りませんぞ」

愛華は権田の魔羅を根元まで咥えていった。完全に口を塞がれ、つらそうな横顔を見せる。

「ああ、藩士思いのよき姫ですな。そのまま、吸ってください」

と、権田が言い、愛華は言われるまま、吸いはじめる。

「ああ、よいですぞ、姫」

権田がうなり、腰をくねらせる。

「そのまま、顔を動かすのです」

と、権田が言う。

さすがに、調子に乗りすぎではないのかっ、権田っ。

辰之介は権田をにらみつける。が、それでいて、権田の魔羅を咥えている愛華の姿に昂っている。もう、下帯の中は我慢汁まみれだ。勝手に射精してもおかしくはない。田端はまた勃起させている。

「うんっ、うっんっ……うんっ」

愛華がなんとも悩ましい吐息を洩らしながら、美貌を上下させる。

愛華の唇がめくれ、そこから唾まみれの魔羅があらわれ、そして口に吸いこまれ、また出てくる。あの唾は姫の唾なのだ。

「ああ、もっと藩士への思いを、知りたいですなあ」

権田がそう言う。愛華は権田をにらみあげながらも、さらに美貌を上下させる。そのにらむ瞳から力が消えていた。にらみつつも、おなごの眼差しになっていた。

まさか、姫が権田の魔羅を吸って感じているっ。

ありえない。それはありえない。

「うんっ、うっんっ、うんっ」

愛華の美貌の上下が激しくなる。ときおり見あげる眼差しが、なんとも色っぽくなっている。姫もこんな目をするのだ。

「ああ、よいですぞ、姫」

権田の声がうわずっている。

「ああ、たまらん……出そうだ」

と言う。

まさか、姫の口に出すつもりかっ。

あってはならぬ、と思いつつも、辰之介は見入ってしまう。

「う、ううっ、うんっ」

権田が出そう、と言っても、愛華は美貌の上下を続けている。

これも辰之介と山崎を守るためなのか。姫っ、そうなのですかっ。

「あ、ああ、出るぞっ、姫っ」

「う、ううっ」

愛華は出してと言っていた。見あげる瞳が、そう言っていた。

「お、おう、おうっ」

権田が雄叫びをあげた。腰を激しく震わせる。

「うっ、うう……」

愛華の動きが止まった。高貴な美貌を歪(ゆが)める。

まずいのだろう。たまらなくまずいのだろう。

「おう、おうっ」

権田は雄叫びをあげつづけ、腰をひくつかせつづける。愛華は喉を打つ精汁をすべて受けている。

わしと山崎のために、権田の精汁を受けているのだ。姫っ。

感激しつつ、暴発寸前でもあった。

「ううっ」

と、隣で山崎がうめいた。

「あら、山崎、出したのね」

目敏く、紫苑がそう言う。その手が田端の魔羅にからむ。ぐっとつかみ、しごきはじめる。

「ああっ、いけませんっ」

田端がうめく。

その間も、まだ権田の魔羅は愛華の口を塞いでいた。

まだ、脈動が鎮まらないのか。

「ああ、ああっ、出るっ」

と、はやくもまた田端が射精させた。さすがに量は少なく、自らの腹に垂らしている。

やっと権田が愛華の唇から魔羅を抜いた。

「ああ……」

鎌首の形に開いたままの愛華の唇から、どろりと精汁が垂れていく。

愛華は咄嗟に、それを手のひらで掬う。

権田の魔羅は半勃ちだったが、愛華の鼻先でひくついている。

「さあ、どうしますか、姫。私の精汁、飲みますか」

権田、なにを言っているのだっ。姫の口に出しただけでも恐れ多いことなのに、そのうえ、精汁を飲めだとっ。

「権田様っ、それは、さすがに……」

思わず、辰之介はそう言ってしまう。すると、権田がぎろりとにらんできた。

と同時に、精汁を口に含んだままの愛華がこちらを見て、小さくかぶりを振る。

まさか、飲むのか……姫っ、飲むのですかっ。

四

愛華は権田を見あげると、唇を閉じた。

白い喉をごくんと動かす。

「姫っ」

飲んだのだっ。藩の公金を横領している家臣の精汁を姫が嚥下したのだ。

愛華はさらに白い喉を動かした。そして、唇を開いてみせた。あごを反らし、権田に口の中を見せる。

「どうです、味は」

と、権田が聞く。

まずいに決まっている。

「お、おいしかったわ……」

と、愛華が答えた。その声は艶めいていて、権田を見あげる瞳は、しっとりと潤んでいた。それを見ると、まんざらうそではないように感じた。

が、権田は疑り深かった。姫においしかったです、と言われても満足せず、

「おいしいのなら、その手のひらの精汁も舐めてください」

と言った。

愛華は一瞬、ほんの一瞬、美貌をしかめた。

が、すぐに手のひらを上げて、そこに美貌を寄せていく。

「姫っ、なにをなさっているのですかっ。もう、おやめくださいっ。私なんかのために、もうご自分を汚さないでくださいっ」

辰之介は叫ぶ。

「ほう、わしの精汁を舐めると汚れるのか、守谷」

「そ、それは……」

そんなことを言っている間に、愛華は手のひらに垂れた精汁を、ぺろりと舐め取った。そして、

「おいしい……もっと欲しい」

と言うと、半勃ちの権田の魔羅にしゃぶりついていったのだ。

「おうっ、姫っ」

根元まで一気に咥えられ、権田がうなる。

「姫っ、もう、おやめくださいっ」

辰之介は見ていられず、権田の股間に美貌を埋めている愛華に迫る。が、躰をつかもうとして、手が止まる。姫の肌に触れることはできない。肩さえつかむだけでも恐れ多い。

辰之介のすぐそばで、愛華が権田の魔羅を吸っている。

愛華の肌はいつの間にか、しっとりと汗ばんでいた。甘い体臭が薫ってくる。それは道場での稽古のあとに嗅ぐ匂いとは、また違っていた。

これは、愛華がおなごとして昂っているゆえの体臭だと思った。

なにゆえ、権田の魔羅をしゃぶって昂るのだっ。

「うんっ、うっんっ」

愛華の美貌が上下している。愛華の唾まみれとなった魔羅が、どんどんたくましくなっていくのがわかる。愛華が唇を引いた。

「辰之介と山崎はどうするのだ、権田」

と聞いた。

「役はそのまま、謹慎もなしにしましょう」

と、権田が答える。

「ただ、ひとつだけ条件があります」

「なんだ……」

「私のことを、これからお殿様と呼んでください。それから、とうぜん殿様相手には敬語を使っていただきたい。これが条件です」

「権田様っ、なにをおっしゃっておられるのですかっ。姫にお殿様と呼ばせるなどっ」

「うるさいな。紫苑、こやつの口を塞いでやれ」

と、権田が言い、ずっと田端のそばにいた紫苑が立ちあがり、たわわな乳房を揺らしつつ、やってくる。

紫苑の割れ目が迫ってくる。辰之介はそこから目を離せなくなった。

膝立ちの辰之介の顔面に、紫苑の恥部が押しつけられた。ぐりぐりと割れ目をこすりつけてくる。

「う、うぐぐ……」

いきなり濃厚な牝（めす）の性臭に包まれ、辰之介はくらっとなった。

「ほら、舐めていいのよ、辰之介」

「う、ううっ……」

辰之介はどうしても顔を引けない。姫が見えない。

「お殿様と呼んだら、辰之介と山崎を罪には問わないのだな」

「問いません。すべて忘れます」

「よかろう……」

「うぐぐっ」

姫っ、なりませんっ、と紫苑の股間に顔を押しつけたまま、辰之介は叫ぶ。

「お、お殿……さ、様……」

と、愛華の声が聞こえた。それはとても、か細いものだった。

「聞こえませんなあ」

と、権田が言う。

「お、お殿様……」

という、愛華の声がする。なりませんっ、と叫ぶも、くぐもった声にしかならない。紫苑は辰之介の頭を押さえつけているわけではない。だから、辰之介が恥部から顔を引くことはできる。

でも、押しつけたままだった。紫苑の割れ目から放たれる牝の性臭に、脳髄(のうずい)まで侵されていた。

「なんだ、姫」

と、権田が言う。

「姫っ、なりませんっ」

と、山崎の声がした。

「うるさいっ。山崎の口も塞げ、紫苑」

と、権田が言うと、紫苑が辰之介の顔面から離れた。と同時に、辰之介の目に愛華の姿が映る。

愛華は腰巻一枚で、権田の足下に膝をついたまま見あげていた。その目は、反り返った魔羅に向いていた。

辰之介が紫苑の牝の性臭に酔ったように、まさか愛華も権田が放つ牡の性臭に侵されているのではないのか。

「うぐぐっ」

隣で、山崎がうめく。紫苑が山崎の顔面を恥部で塞いでいる。

辰之介は山崎を羨ましいと思った。

「どうした、辰之介。山崎が羨ましいか」

と、紫苑が聞いてくる。

「ま、まさか……そのようなことは……」

「あら、そうなの」

紫苑は山崎の顔面から恥部を引くと、自らの指で割れ目を開いた。真っ赤に燃えた牝の粘膜があらわれ、山崎が、あわわ、とうなっている。

辰之介も紫苑の女陰に視線を引きよせられていた。

「ほら、舐めなさい」

と、紫苑が言い、はいっ、紫苑様っ、と山崎が舌を出すと、あらわになって誘っている牝の粘膜に這わせていく。

「あっ、ああ……」

紫苑の女陰は大量の蜜であふれ、山崎が舌を動かすたびに、ぴちゃぴちゃと音がする。

「さて、守谷と山崎の恩赦(おんしゃ)の話はすみました。あとは、姫の恩赦ですな」

「姫を恩赦だと……なにをおっしゃっておられるのですかっ」

国家老とはいえ、家臣にすぎない者が、姫を恩赦するなどありえない。

「その躰を使って、わしを楽しませてくれますかな、姫」

辰之介は愛華が権田をにらみあげると思った。

が、違っていた。

五

愛華は、はい、と返事をすると立ちあがり、腰巻に手をかけた。

「姫っ」

辰之介が叫ぶなか、愛華は腰巻を取った。

姫の恥部があらわれる。ひとすじの割れ目があらわれる。

腰巻を取ったことを察したのか、紫苑の女陰を舐めていた山崎が顔を引き、愛華を見る。

「なにしているの。舐めなさいっ」

鼻先に紫苑の女陰があるが、山崎は姫の割れ目を惚けたような顔で見ている。

愛華は仁王立ちの権田に寄ると、胸板に手を伸ばした。そろりと撫でていく。

「ううっ……」

胸板を撫でられただけだが、権田が躰を震わせる。

愛華は手のひらを引くと、高貴な美貌を胸板に寄せていく。

「ひ、姫、なにをっ」

と、辰之介が声をあげるなか、愛華は権田の乳首に舌を這わせていく。

「ああ……姫……」

女遊びをやりつくした権田が、乳首舐めだけで躰をくねらせ、おなごのような声をあげる。

愛華は右の乳首を、ぺろぺろ、ぺろぺろと舐めていく。と同時に、ひくつく魔羅をつかみ、白い指でしごきはじめる。

「姫……」

と、山崎も声をあげる。もう、まったく紫苑の女陰を見ていない。

紫苑自身も、乳首舐めで権田を喘がせている愛華を見ている。

「乳首、感じますか。お、お殿様」

乳首から唇を引き、愛華が権田に聞く。

「あ、ああ……感じるぞ……ひ、姫……」

右の乳首は姫の唾まみれだ。

愛華は今度は左の乳首に舌を這わせていく。そして右の乳首を白い指で摘まむと、こりこりところがしはじめる。

「ああ……姫……」

権田が乳首舐めだけで、声をあげている。鈴口からあらたな先走りの汁が出てくる。

愛華は乳首に歯を立て、甘噛みをはじめた。

「あっ、それっ……なにゆえ知っているのだっ」

愛華は答えず、乳首に歯を立てていく。

おなごの本能に従って、噛んでいるのだろうか。もしや、姫は天性の色好み……いや、ありえない。たまたまだ。

「こっちも頼むっ」

と、右の乳首を権田が指さす。

「はい、お殿様」

と、返事をして、愛華が右の乳首にしゃぶりつく。じゅるっと吸うと、歯を立てる。愛華の歯が権田の乳首の根元を挟んでいるのが、辰之介からも見えた。

「あ、ああ……」

甘噛みで、権田はうめいている。

すると愛華が、がりっと乳首を噛んだ。

「ううっ……」

権田がうめいた。苦悶の表情を浮かべる。愛華は強く歯を立てつづける。

「お殿様っ」

紫苑があわてて迫る。が、権田はやめろとは言わない。姫から乳首に与えられる痛みに耐えている。いや、耐えているのではない。喜んでいた。

愛華はがりがりと乳首を嚙んでいる。嚙みつつ、魔羅をしごきはじめる。

「う、ううっ、ううっ」

権田は躰をくねらせている。

手を伸ばし、姫の乳房をつかんだ。こねるように揉(も)みはじめる。

家臣に乳を揉まれても、愛華はそのままにさせている。乳首をがりがりと嚙みつづける。

「うう、ううっ」

権田のうめき声が大きくなる。大量の我慢汁が出てくる。このまま出してしまうのか、と思ったが、権田のほうから躰を引いた。

愛華はすぐさま、左の乳首にしゃぶりつこうとする。

「姫っ」

権田は姫の肩をつかむと、その場に押し倒した。

閉じている両足をぐっと開く。姫の割れ目はぴっちりと閉じたままだ。

まずいっ。乳首嚙みで興奮しすぎた権田が、姫の生娘(きむすめ)の花びらを散らそうとしている。

権田が先走りの汁まみれの鎌首を、愛華の恥部に向けていく。

「権田様っ、姫の花を、散らしてはなりませんっ」

辰之介が叫ぶものの、権田の耳には入っていない。ぎらぎらさせた目で、姫の割れ目を見つめ、鎌首を押しつけていく。

終わりだっ、と辰之介は目を閉じる。

が、なにも聞こえない。愛華のうめき声も、権田のうめき声も聞こえない。目を開くと、まだ権田の鎌首は姫の割れ目にあった。そして、権田が何度も突いていた。

が、姫の入口が狭いのか、権田があせっているのか、なかなか入らない。

ふと、権田がおなご知らずのように見える。

権田がおなご知らず。女遊びの限りをつくしてきた男が、いざ姫と繋がろうとすると、おなご知らずになってしまうのか。

「なぜだっ。なにゆえ入らぬっ」

権田は顔面を真っ赤にさせて、愛華の割れ目を突いている。が、わずかにめりこむことさえない。

そのうち、萎えていった。

「なぜだっ」

権田は自分の魔羅をつかみ、しごきはじめる。が、しごけばしごくほど、逆に萎えていく。

「紫苑っ」

と、権田が声をあげ、すぐに紫苑がにじり寄り、権田の股間に妖艶な美貌を埋めてく。権田は紫苑に吸わせながら、たわわな乳房を揉みしだく。

その目は、愛華の割れ目に向いている。愛華は両足を開いたままでいた。

逃げも隠れもしなかった。

「なにをしているっ、紫苑っ」

うんうんっ、とうめきつつ、紫苑が美貌を上下させるも、まったく大きくならなかった。

六

深夜に戻ると、美菜が待っていた。

「お帰りなさいませ」

「ああ、美菜どの……」

美菜の顔を見たら、辰之介の緊張の糸が解けた。

上(あ)がり框(かまち)でしゃがみこんでしまう。すると、そこで正座をしていた美菜が、辰之介を抱きよせた。

「辰之介様……」

「美菜……」

どちからともなく顔を寄せ、そして唇と口を重ねていった。

すぐに舌をからめ、貪(むさぼ)るような口吸いとなる。

「うっ、うんっ」

お互い鼻息を荒くさせて、お互いの舌を吸う。

ようやく口を離すと、

「証、見つからなかったのですね」

と、美菜が言った。辰之介の憔悴(しょうすい)した顔を見て察したのだろう。

「作事方の田端が裏切ったのだ。権田の不正の証はなかったが、前任の松島様の不正の証があった」

「松島様が……藩の公金を……まさか……」

「わしも驚いたが、事実のようだ。おそらく、その証を権田が手に入れ、それを使って松島様を脅し、国家老の地位を手に入れたのだ」

　権田は松島宗忠の指名により、新しい国家老に決まったのだ。もともと江戸家老の近藤正継が国に戻り、国家老を務めるとみなが思っていた。だから、権田が指名されたときには、藩士たちはみな、驚いたものだ。

「なんてこと……でも、証が見つからなかったら、辰之介様は……」

　美菜が泣きそうな顔になる。

「姫が……その身を犠牲にして……わしと山崎を守ってくださった」

「姫が……その身を犠牲にって……まさか……」

「いや、姫は生娘のままだ……姫は権田の魔羅をしゃぶり……精汁を口で受けて、わしと山崎を守ってくださったのだ」

「姫……」

「しかも権田のおぞましい精汁を、姫はお召しになったのだ」

「ああ……」

　美菜が天を仰ぐ。

「それだけではない。権田は姫に、これからお殿様と呼ぶようにと命じたのだ。そして敬語を使えと……」

「それを、姫が承諾なさったのですね」

「そうだ……」

そこまで話すと、辰之介はまた美菜の唇を奪った。舌をからめていく。

美菜と舌を吸い合っているときだけ、つらいことを忘れることができる。

「姫は……姫はどうなるのですか」

「姫は、権田の好きにしてよいとおっしゃり、そして権田は姫の処女花を散らそうとしたのだ」

「でも、散らさなかったのですよね」

「散らさなかったのではなく、散らせなかったのだ」

「権田が……散らせなかった……」

「そうだ。権田といえど、姫の中には入れることができなかったのだ」

「それで、姫は……」

「権田が憔悴しきって、姫もお咎(とが)めなしとなった。この件は、みなの腹の中に収めることとなったのだ」

「辰之介様はそれでよいと思っておられるのですか」

まっすぐ辰之介を見つめ、美菜が聞いてくる。

「いや、これでよいはずがない。それに、権田は必ず姫の躰を狙ってくる。すでに尺八を受け、乳も揉んでいる」

一夜明ければ、入れることができなかった失意も回復するだろう。

「権田の横暴を止めるには、やはり横領の証を見つけ出すしかない」

「それでこそ、辰之介様です」

「美菜……」

辰之介は美菜をきつく抱きしめる。

「辰之介様、今宵のいやなことを……美菜で……忘れてください」

耳もとで火の息を吐くように、美菜がそう言った。

「美菜っ」

辰之介は上がり框で、許婚を押し倒していた。小袖の帯を解き、前をはだけると、肌襦袢の腰紐にも手をかける。

「辰之介様……」

美菜は脱がされるままに委ねている。

肌襦袢の前もはだけると、たわわな乳房があらわれた。

辰之介はそれを、むんずとつかみ、荒々しく揉んでいく。

「はあっ、ああ……辰之介様……」

いつもの優しい辰之介ではなく、発情した牡となっていた。

そしてそんな辰之介に、美菜は躰を委ねていた。

こねるように揉んでいると、乳首がぷくっととがってきた。

辰之介はそこに吸いついていく。ちゅうちゅうと乳首を吸いつつ、腰巻に手をかける。

「あっ、そこは……ここは上がり框です……」

と、美菜が恥じらうものの、辰之介はその場で腰巻も取っていく。

寝間まで行くと、その間に獣の血が鎮まる気がしたのだ。

辰之介は乳房から顔を上げた。美菜の恥部を見る。玄関には格子窓があり、そこから月明かりが射しこんでいる。ちょうど、美菜の乳房と股間に当たっていた。

そこだけ、浮きあがっているのだ。

「ああ、美菜っ」

辰之介はぴっちりと閉じた割れ目をなぞる。

「はあっ、ああ……」

美菜が甘くかすれた吐息を洩らす。

辰之介はおさねを摘まむと、こりこりところがした。すると、

「あっ、あんっ」

と、美菜が敏感な反応を見せた。

辰之介は割れ目に指を添え、くつろげていく。

「ああ、いけません……」

と、美菜が両手で恥部を隠そうとする。辰之介は思わず、

「隠すでないっ」

と、大声をあげる。すると美菜は、はい、辰之介様、と素直に従い、両手を脇にやる。

美菜の花びらがあらわれる。月明かりを受けて、きらきら光っている。そう。

美菜の花びらはしっとりと濡れていたのだ。

どこで濡らしたのだ。わしと舌をからめたときか……。

「ああ、恥ずかしいです……たくさん、濡らしているでしょう」

「口吸いで濡らしたのか」

「いいえ……もっと前から、です」

はにかむように、正直にそう言う。

「前から……というと、わしの帰りを待っているときからか……」

「はい……」

と、美菜がうなずく。

「権田の屋敷での、肉の宴(うたげ)を思い出したのか」

「はい……また、行われているような気がして……」

「わしは紫苑とはまぐわっておらぬぞ」

「信じています……」

と、美菜は言う。可憐(かれん)な花びらがきゅきゅっと収縮する。

誘っているのか。処女花を散らしてください、と誘っているのか。

「はあっ、ああ……恥ずかしいです……」

じっと見ていると、花びらがさらに潤んでくる。

「辰之介様も……裸になってください」

と、美菜が言う。辰之介が着物の帯に手をかけると、私が、と美菜が起きあがり、帯の結び目を解いていく。

辰之介は美菜の乳房をつかみ、こねるように揉んでいく。

「あっ、あんっ」

形のよいあごを反らし、美菜が火の息を吐く。

辰之介は着物を脱いだ。そして、立ちあがった。

美菜が下帯に手をかけ、脱がせてくる。すると、弾(はじ)けるように魔羅があらわれた。

美菜がちょっと悲しそうな表情になった。魔羅から精汁の臭(にお)いを嗅いだのだろう。辰之介は愛華の恥態を見ながら、触ることなく下帯の中で射精させていた。

「なにもしておらぬ」

「わかっています……権田につくす姫をご覧になって、出されたのですね」

と、美菜が言い、精汁の臭いが残る鎌首に舌をからめてきた。

「ああ、汚いぞっ」

「いいえ。辰之介様のもので、汚いところなどありません」

「しかし……」

「あるのなら、美菜がお清めします」

そう言うと、美菜は唇を大きく開き、ぱくっと鎌首を咥えてきた。くびれを吸ってくる。

「ううっ……」

紫苑にしゃぶられたときとは比べものにならないくらい、辰之介は感じていた。

美菜はそのまま胴体まで咥えてくる。

「ああ、美菜……」

辰之介は腰を震わせる。

美菜はそのまま根元まで咥えてくる。そして、強く吸ってきた。

「うう……」

たまらない。と同時に、口ではなく女陰で、美菜の女陰で感じたくなる。

無性に感じたくなる。処女花を散らしたくなる。

このような衝動は、はじめてであった。

「美菜っ」

辰之介は魔羅を美菜の口から抜くと、はだけたままの小袖と肌襦袢を一気に引き下ろした。生まれたままの姿にすると、その場に押し倒す。

そして閉じようとする左右の膝をつかむと、ぐっと開いた。

月明かりに、美菜の割れ目が浮かぶ。そこだけ、浮きあがって見える。

辰之介はそこに向けて、魔羅を進めていく。

美菜は瞳を閉じて、されるがままになっている。もしかしたら、美菜も辰之介の魔羅を女陰で欲しい気持ちになっているのかもしれない。辰之介の帰りを待っている間、肉の宴を想像し、女陰を濡らしていたのだ。

すでに充分、大人のおなごである。あとは許婚であるわしが、魔羅でおなごにするだけだ。

鎌首が割れ目に触れた。すると、美菜の裸体に緊張が走った。もちろん、辰之介も緊張している。が、緊張で萎えることはない。むしろ、処女花を散らす期待に、魔羅はぱんぱんだ。

「参るぞ、美菜」

「はい、辰之介様……美菜を辰之介のおなごにしてくださいませ」

うむ、とうなずくと、辰之介は鎌首を進めた。

一発で、ずぶりとめりこんだ。

「あっ……」

美菜が瞳を開く。これはなにっ、という目で見あげている。

辰之介はそのまま、鎌首をめりこませる。

「あうっ、うう……」

美菜の眉間(みけん)に深い縦皺(たてじわ)が刻まれる。

「痛むか、美菜」

「ううん……痛みません」

「そうか」

先端に処女花を感じた。これだ。これを散らせば、美菜はおなごになるのだ。辰之介のおなごになるのだ。

辰之介は鎌首を進めた。

「あっ……」

処女花は、いとも簡単に散らせた。

あっけなかった。が、辰之介が散らしたのだ。権田ではなく、辰之介がおなごにしたのだ。

辰之介はさらに鎌首を進めていく。

「い、痛い……」

と、美菜が口にする。が、辰之介は構わず、埋めこんでいく。美菜の女陰は狭かった。窮屈だった。おなごになったばかりの肉の襞が、ぴたっと魔羅に貼りつき、締めてくる。

「ああ、すごい締めつけだ、美菜」

「うう、そう、なのですか……美菜はわかりません」

勝手に女陰が締めているのだ。権田の屋敷での肉の宴を経験していなかったら、すでに暴発させていただろう。初体験の儀式はあっけなく終わっていたかもしれない。

そう思うと、あのおぞましくも刺激的な肉の宴も意味があったことになる。なにごとも経験が大事である。

辰之介は肉の襞をえぐるようにして、鎌首を進める。

「痛い……」

美菜が美しい瞳で見あげている。痛がってはいたが、美菜の瞳は妖しく潤んでいた。やめてはなりません、と瞳は告げていた。

美菜が訴えなくても、やめられなかった。美菜の穴を魔羅で埋めることに、全身の血が沸騰していた。

ついに、鎌首が子宮に達した。

「ううっ……うんっ……」

美菜が裸体を震わせる。白い肌はしっとりと汗ばみ、裸体全体から甘い匂いが立ち昇っていた。それは、これまで嗅いできた美菜の匂いとは違っていた。

処女花を散らされ、はやくも、おなごの躰となったのか。

「ああ、辰之介様……」

口吸いを、と美菜の唇がねだっているのがわかった。

辰之介は深々と埋めたまま、上体を倒していく。ぶ厚い胸板でたわわな乳房を押しつぶし、顔を美貌に寄せていく。

口と唇が重なった。すると、美菜のほうから舌をからませ、さらに両腕を辰之介の首にまわしてくる。

下の口だけではなく、上の口でもひとつになった。

これだ。これがまぐわいなのだ。入れて出すのがまぐわいではなく、思い人とひとつになるのがまぐわいなのだ。

美菜の閉じた目蓋(まぶた)からひとすじ、ふたすじと涙の雫(しずく)が流れてくる。

辰之介は口を引き、痛むのか、と聞いた。美菜はかぶりを振り、

「うれしいのです」

と答える。うれし泣きか。

「わしもうれしいぞ、美菜」

「ああ、辰之介様」

美菜が辰之介を見あげている。涙があふれる瞳は、震えが来るほど美しく、そして愛(いと)おしかった。

「ああ、このまま、ずっと辰之介様とひとつに」

と、美菜が言う。

「そうだな。ずっと入れていたいな」

美菜の女陰はずっと締めている。辰之介はひとつになったことに感動しつつも、ぐっと肛門に力を入れて、暴発しないようにしている。

「動いてください」

「そうか」

辰之介はゆっくりと抜き差しをはじめる。

「あっ、ああ……う、うう……あっ、あんっ」

快感と痛みが混ざり合っているのか、美菜はうっとりとした表情と苦痛に歪んだ表情を交互に見せる。

眉間の深い縦皺は同じだ。唇はずっと半開きで、そこから火の喘ぎを洩らしている。

美菜の女陰は窮屈だ。大量の蜜が助けている。こんなに濡らしていなかったら、痛いだけだったであろう。そう思うと、権田の屋敷での肉の宴は美菜にとっても、よかったことになる。

なにを権田に感謝しているのだ。よいわけがない。美菜もそうだが、姫の処女花も散らされそうになったのだ。

「あ、ああ……ああ……」

ゆっくりと抜き差ししていると、いつの間にか、甘い喘ぎだけになってきた。

辰之介は上体を起こし、突きに力を入れていく。

「はあっ、あんっ……ああ、あんっ」

おのが魔羅で美菜を泣かせていると思うと、よけい血が滾る。

それはよかったが、射精しそうになってくる。

「そのまま、突いてください……ああ、そのまま美菜の中に……精汁をください、辰之介様」

「美菜……」

辰之介は勢いよく突いていく。突くたびに、たわわな乳房がゆったりと前後に揺れる。乳首はとがりきり、震えている。

「ああ、あああっ、辰之介様っ」

美菜の女陰が強烈に締まる。女陰も精汁をください、と言っている。

「あっ、ああ、魔羅がっ」

辰之介は顔面を真っ赤にさせつつ、突いていく。

「出るぞっ、美菜っ」

「はいっ。くださいっ」

美菜が妖しく潤ませた瞳で、辰之介を見あげている。と同時に、辰之介の魔羅が女陰に食いちぎられそうになる。

「おうっ」

と、辰之介は雄叫びをあげていた。凄まじい勢いで精汁が噴き出した。

「あっ……ああ……」

美菜は恍惚（こうこつ）の表情で、辰之介の精汁を受け止める。

どくどく、どくどくと大量の飛沫（しぶき）が子宮をたたく。脈動はなかなか鎮まらなかった。

ようやく鎮まると、辰之介は美菜の中から抜こうとした。すると、

「だめっ」

と言って、美菜が両腕を伸ばしてきた。繋がったまま倒れていくと、美菜がし

がみついてくる。両足でも、辰之介の腰を挟んできた。

「辰之介様っ」

美菜のほうから、口吸いを求めてくる。

辰之介は射精させた魔羅を締められながら、美菜と舌をからめる。美菜の汗の匂いが、辰之介の躰を包んでくる。

「極上であった」

「ああ、うれしいです」

美菜の瞳から、また涙の雫が流れている。辰之介はそれをぺろりと舐めた。

すると、女陰がきゅきゅっと動いた。

萎えた魔羅が、美菜の中から出た。辰之介は上体を起こし、股間を見る。

精汁まみれだったが、あちこちに破瓜の証の鮮血が混じっていた。

裸体を起こした美菜が、辰之介の魔羅にしゃぶりついてきた。

「ううっ」

根元から吸われ、辰之介はうめいた。

第六章　畳の下

一

翌日の正午すぎ、辰之介は愛華に呼ばれ、登城していた。

大広間の下座で待っていると、権田が姿をあらわした。

「守谷、おまえはわしが呼んだのだ」

辰之介を見るなり、権田がそう言った。なにかいやな予感がした。権田も下座に座すと、愛華が姿を見せた。権田と辰之介は平伏する。

「面（おもて）を上げ」

と、愛華が言い、ふたりは顔を上げた。

京人形のような姿に、辰之介も権田も目を見はる。

「権田、なに用だ」

と、愛華が聞いた。

が、権田は返事をしない。無言でじっと姫を見ている。愛華も権田を見返している。

しばらく緊張が続いた。

「お、お殿様……今日は、どんな御用ですか……」

と、愛華が言った。

それを聞き、権田がにやりと笑う。辰之介は怒りで震える。姫に城の中で、お殿様と言わせたくて登城したのだ。

「魔羅が疼いてな、姫」

と、権田が言う。

「そ、そうですか……」

「尺八を吹いてもらいに来たのだ、姫」

と、権田が言う。

さすがに、愛華の高貴な美貌が強張った。鋭い目で、国家老を見つめる。

が、権田は動じない。

その場に立ちあがり、自らの手で着物の帯を解きはじめる。

「権田様……」

権田は着物の前をはだけると、下帯も脱いでいった。姫の前に、魔羅があらわれる。

「ここは、城内です」

「だからどうした、守谷」

権田はぎらぎらさせた目を愛華に向けている。愛華は怒りと屈辱で震えている。

「さあ、姫、ご挨拶を」

愛華は権田をにらみつける。

愛華が立ちあがった。魔羅を出したままの権田に近寄っていく。

「姫っ」

愛華が権田の足下に膝をついた。鼻先で魔羅がひくつく。

「お、お殿様……今日も……よろしく……おねがいいたします」

か細い声でそう言うと、愛華が鎌首に唇を寄せていく。

が、ぎりぎりのところで唇をつけない。

「どうした、姫」

あろうことか、権田が魔羅で愛華の優美な頬をぴたぴたと張った。

「ご挨拶だろう、姫」

愛華はぐっと唇を嚙んでいる。

「ほら、姫」

愛華が立ちあがった。上座に戻ると、刀かけより大刀を手にした。すらりと抜き、権田に迫る。

「おのれっ、権田っ」

愛華が大刀の先端を、権田の魔羅に向ける。刃を向けられても、権田の魔羅は反り返ったままだ。

「斬り落としますか、姫」

「うう、うう……」

斬り落とせばよい、と辰之介は思った。すぱっと斬り落とせば、どんなに溜飲が下がるだろうか。

「口でご挨拶するのです、姫」

「う、うう……」

大刀を持つ愛華の腕が震えている。

大刀を畳に突き刺した。そして、ふたたび権田の足下に膝をつく。

鼻先でひくつく鎌首には、先走りの汁がにじんでいた。

姫に刃を突きつけられて、権田は昂っているのだ。

なんという豪胆な男なのか。それとも、たんなる異常な性癖なのか。

愛華が唇を寄せていった。舌を出すと、ぺろりと先走りの汁を舐めた。

「姫……」

辰之介は目を閉じる。悔しいが、どうすることもできない。

「あっ……」

と、権田が声をあげた。

思わず、辰之介は目を開く。愛華が権田の裏すじを舐めていた。ただ舐めるのではなく、ねっとりと舐めあげていた。

はやくも、権田の股間が放つ牡の性臭に侵されているのか。

「今日は、肛門も舐めてもらいましょうか、姫」

と、権田がとんでもないことを言った。

裏すじを舐めあげていた愛華が、えっ、という顔をした。

「こ、肛門……」

「そうです。尻の穴ですな」

そう言うと、権田ははだけていた着物を脱いでいった。裸になると、恐れ多くも姫に尻を向ける。

愛華の高貴な美貌が強張っている。畳に刺したままの大刀をちらりと見る。

斬ってくださいつ、姫っ。権田の尻を斬ってくださいっ。

「どうなさいましたかな、姫。懺悔の気持ちが足りませんか。今すぐにでも、守谷を謹慎にしてもよいのですぞ」

と、権田が言う。

「私は構いませんっ。もうこれ以上、姫が汚されるのは、見ていられませんっ」

辰之介は思わず、そう叫んだ。

「そうかな、守谷」

と言って、権田がじろりと辰之介を見た。

「おまえも、姫が尻の穴を舐めるところを見たいであろう」

そうなのか、という目で、愛華が辰之介を見つめる。

「まさか。私はこれ以上、姫が汚されるのを見たくありませんっ」

「うそをつけ。今も我慢汁を出しているであろう」

そうなのか、とまた、愛華が見つめる。

「そのようなことありませんっ。私は悔しいだけですっ」

「では、魔羅を出してみろ、守谷」

と、権田が言う。

「えっ……」

「おまえの清廉潔白な魔羅を見せてみろ。我慢汁が出ていなかったら、姫もゆるしてやろう。肛門舐めはなしだ」

愛華がほっとした表情を浮かべた。

辰之介はあせる。おそらく、我慢汁は出ている。それどころか、勃起している。萎えそうにない。

「どうした、守谷。我慢汁だらけなのであろう。姫の裏すじ舐めを見て、出しているのであろう」

そうなのか、と愛華が見つめる。

「そのようなことはありませんっ」

「では、魔羅を見せろ。姫、出してやれ」

と、権田が姫に命じる。愛華が辰之介のそばに、にじり寄ってきた。

「ひ、姫、なりません……」

「辰之介、おまえが我慢汁など出していないことはわかっている」

「姫……」

そのようなことはありません。我慢汁だらけです。

立て、と言われ、辰之介は立ちあがる。足下に膝をついた愛華が着物の帯に手をかける。

辰之介が姫を見下ろす形となる。ありえない。姫は小袖(こそで)姿ではあったが、姫が辰之介のような家臣の足下にひざまずくなどありえない。

白い指で帯を解かれた。ここまで我慢汁を出していなかったとしても、ここで間違いなく、出してしまっていた。姫に脱がされるのだ。こんなに昂ることはないだろう。

もしや、それを見越して、権田は愛華に脱がせることを命じたのか。

愛華の手が下帯にかかる。

「姫、なりません……」

愛華は構わず、下帯を取っていった。あらわになった魔羅が、愛華の鼻先で弾(はじ)ける。

先端は我慢汁で真っ白であった。

それを見ても、愛華はなにも言わなかった。それどころか、いきなりしゃぶりついてきたのだ。

二

「姫っ」

鎌首を吸われ、辰之介は叫んだ。吸われた刹那(せつな)、暴発しそうだった。

愛華はそれを察知したのか、すぐに唇を引いた。

「我慢汁は出ておらぬぞ、権田」

と、愛華が言う。

「言葉遣(づか)いがなっておりませんな、姫」

と、尻を向けていた権田が、こちらに向き直り、魔羅で愛華の頬をたたく。

それを見て、どろりと我慢汁を出してしまう。

「ほら、姫が魔羅で顔を張られるのを見て、守谷はうれしそうに我慢汁を出したぞ」

そう言いながら、権田はぴたぴたと愛華の頬を張りつづける。

愛華はそれに耐えている。そんな愛華を見ていると、さらに我慢汁を出してしまう。

「守谷もわしの仲間なのだ」

「違いますっ……」

我慢汁を大量に出していたら、まったく説得力がない。

愛華がまた鎌首にしゃぶりついてきた。くびれで強く吸ってくる。

「ああっ、なりませんっ……姫、なりませんっ」

鎌首がとろけてなくなってしまいそうな快感に、辰之介は震える。その震えが止まらない。

愛華がそのまま胴体まで咥（くわ）えてきた。その刹那、辰之介は暴発させていた。

「うっ、うぐぐ……」

大量の精汁が喉をたたいたが、愛華は唇を引かなかった。そのまま、家臣の精汁を喉で受け止める。

「ああ、姫っ」

魔羅を抜かなければ、と思うのだが、まったく腰が動かなかった。姫の口の中に、精汁を出しつづけた。

「もう、出したのか。情けないやつだ」

脈動が終わると、辰之介はあわてて魔羅を引く。鎌首の形に開いたままの姫の唇から、どろりと精汁が垂れる。

「お殿様……お尻を……」

「肛門を舐める気になったか」

「はい……」

唇から精汁を垂らしつつ、愛華がうなずく。きっと、辰之介に絶望したのだ。

権田があらためて愛華の美貌の前に尻をさらす。

愛華が尻たぼに手を置き、ぐっと開く。

「姫……」

愛華がちらりとこちらを見る。その目が、また虚ろになっている。

そんな目をしたまま、尻たぼを開く。

「こ、こう、もん……」

とつぶやく。

「姫、なりませんっ。姫のような御方が……肛門を舐めるなど、あってはなりませんっ」

「肛門を舐めないと……我が藩は終わりになります……私は高杉藩を守るために、肛門を舐めます」

「なにをおっしゃっているのですかっ、姫っ」

愛華の美貌が権田の尻の狭間(はざま)に埋(うず)まっていく。

「ううっ」

と、権田がうなった。姫が尻の穴を舐めたのだ。

「ああ、たまらんっ、たまらんぞっ」

権田が腰を震わせる。

それはそうだろう。肛門を舐めているのは、姫なのだ。

愛華が尻の穴を舐めながら右手を前に伸ばし、魔羅をつかんできた。ぐいぐいしごきはじめる。

「ああっ、姫っ……ああ、姫っ」

権田が叫ぶ。

愛華は処女花を守るために、魔羅をしごきはじめたのだと思った。処女花を守ることは、高杉藩を守ることだと思った。権田の魔羅で処女花が散らされたとき、高杉藩は終わると思った。

「う、ううっ」

「ああ、舌が尻の穴に入ってくるっ」

権田が愉悦の声をあげ、腰をくねらせる。その間も、愛華は魔羅をしごいている。

「ああ、そ、そんなっ、奥までっ」

と、権田が叫ぶ。愛華がとがらせた舌先を、尻の穴の奥まで入れているようだ。

「あ、ああっ、あああっ」

権田の躰ががくがく震える。先端からは大量の先走りの汁が出ている。

「出そうだっ。いや、ならんっ。ここまでだっ、姫っ」

どうやら、ここで処女花を散らす気なのか。

そこまでだっ、と言いつつ、権田は尻を引かない。おそらく、気持ちよすぎて引けないのだ。

「ああ、ならんっ。もうよいっ、姫、もうよいっ」

ああっ、とおなごのような声をあげ、権田が宙に精汁をぶちまけた。

「おう、おう、おうっ」

城全体に響きわたるような雄叫びをあげて、権田が射精する。

躰の震えが止まらない。その間も愛華は尻の穴を舐め、魔羅をしごきつづけている。

「出る、出るっ」

脈動が続く。すでに、一発目は終わっている気がした。すぐに、二発目を出していた。

あまりの凄まじさに、辰之介は呆然と見つめる。

「もう、よいっ、ああ、もうよいっ」

ようやく、射精が鎮まった。すると愛華は、すぐさま先端を手のひらで包み、激しく動かしはじめた。舌は尻の穴に入ったままだ。

「あ、あああっ、あああっ」

出したばかりの先端に刺激を受けて、権田が叫ぶ。

「もうよいっ、あ、あああっ、もうよいのだっ」

愛華は権田の尻から離れない。手のひらで先端をこすりつづける。

「あ、ああ、あああっ、出るっ」

はやくも三発目が噴き出した。愛華は胴体をつかみ、ぐいぐいしごく。

三発目はすぐに鎮まった。ようやく、愛華が尻から舌を引いた。

権田がよろめく。さすがのおなご好きも、三発連続にふらついている。

愛華が立ちあがり、権田の正面にまわった。いきなり愛華は抱きつき、またも魔羅をつかみ、しごきはじめる。

ぐいぐいしごく。

「う、ううっ、もうよいっ……う、ううっ」

権田の躰ががくがく震え、その場に倒れていった。

仰向けになっても、魔羅は勃っている。愛華はそこにしゃぶりつく。

「姫っ」

うんうん、うめきつつ、愛華が美貌を上下させる。

「うう、うう……」

権田はもう声も出せなくなっている。

愛華が唇を引いた。魔羅は天を衝いている。先端からつけ根まで、姫の唾でぬらぬらだ。

またも、先端を撫ではじめる。

「や、やめろ……」

権田の腰がひくひく動く。

「あ、ああっ、出るっ」

権田が小水を出した。いや、シオであった。噴水のように、シオを放っていた。

姫の処女花は守られた。

三

辰之介は美菜と向かい合って、夕餉をとっていた。

城での恥態が脳裏から離れず、美菜の話も上の空で聞いていた。

「辰之介様っ」

声に気づくと、美菜が目の前にいた。

驚き、あっ、と思わず味噌汁のお椀をひっくり返した。

「あっ、すまぬ」

味噌汁が畳に吸いこまれていく。

美菜はあわてて立ちあがり、台所に向かう。そして雑巾を持って、戻ってきた。

辰之介はじっと、畳を見ていた。

美菜が味噌汁を拭いていく。その間も、辰之介は畳をじっと見ていた。

もしや、足下の畳の下ではないのか。探索をかけられても、権田は常に余裕だった。それはそばに、裏帳簿があるからではないのか。

もしかして、あの座敷の畳の下に、裏帳簿はあるのでは。紫苑の屋敷に入り浸っているのは、紫苑の躰が目的ではなく、なるべく裏帳簿のそばにいたいからではないのか。そして権田が常にいる場所は、あの座敷である。あの座敷の畳の下に、裏帳簿があるのでは。

「どうなさったのですか」

美菜が辰之介の顔をのぞきこんでくる。

「でかしたぞっ、美菜っ」

「えっ……」

「裏帳簿の在処(ありか)がわかったぞっ」

「そうなのですか」

「ああ、美菜のおかげだ。かたじけない、美菜っ」

辰之介は美菜を抱きよせ、その唇を奪う。

すると、美菜から舌を入れてきた。ねちゃねちゃとからませ合い、そのまま押し倒していった。

翌日、愛華と辰之介は権田に呼ばれた。紫苑の屋敷だ。

辰之介は権田の興奮剤として呼ばれていた。辰之介の前で、愛華を辱めるのを、権田は好んでいた。それがたまらなくいやだったが、今宵はそれが幸いしていた。

辰之介はすでに愛華に、権田は屋敷の座敷の下に裏帳簿を隠しているのでは、と伝えていた。愛華もそうかもしれない、とうなずいていた。

辰之介は愛華にひとつの策を伝えていた。

「お殿様……湯殿に参りませんか」

膳を囲み、夕餉を食べ終えると、愛華が言った。

「湯殿か……」

権田が上座にいて、紫苑が侍っている。今宵は紫苑だけ裸でいた。権田はたわな乳房を揉みながら、舌鼓を打っていた。

「……躰を……清めたいのです……」

と、下座の愛華が言う。辰之介と並んで座っていた。愛華からかすかに甘い匂いが漂い、辰之介はずっと股間を疼かせていた。

「ほう。わしの魔羅で処女花を散らす覚悟ができたか」

権田がむんずと紫苑の乳房を揉みあげる。

「ああ……」

紫苑があごを反らす。

「はい……昨日、城の中で、お殿様の肛門をお舐めして……権田様こそが……真のお殿様だと気づきました」

「そうか。わしが真の殿様か。うむ。やっと気づいたか」

姫に真の殿様と言われ、権田はまんざらでもないような表情を浮かべる。

「処女花を散らしていただいたとき、権田様は真のお殿様とおなりになるのです。だから、まぐわいは儀式となります。やはり、お互い躰を清めて、臨みたいのです」

「そうであるな。よいことを言うな、姫」

さっそく湯殿に行こう、と権田が立ちあがる。

「紫苑、おまえは守谷の相手をしておれ」

そう言うと、座敷を出ていく。そのあとに、愛華が従った。

ふたりきりになると、紫苑がたわわな乳房を揺らし、寄ってくる。

辰之介は生唾を飲みこむ。ふたりきりになったとたん、座敷の空気が濃厚になる。

「魔羅を出して、辰之介」

と、紫苑が言う。

「私は、このままで……」

「なにを言っているの。繋がったままで、お殿様をお迎えするのよ。そうしないと、私が叱られるわ」

紫苑が横に座り、妖艶な美貌を寄せてくる。唇を押しつけられる。ぬらりと舌が入ってくる。からめとられると、辰之介の躰がとろけていく。

紫苑と口吸いをしている場合ではない。が、紫苑に隙を作るには、このまま裸にされていったほうがよいと思った。

一撃で紫苑を眠らせなければならない。しくじって逃げられたら、お終いだ。

舌をからませつつ、紫苑が着物の帯を解いている。

辰之介は紫苑の乳房をつかむ。

「ううっ……」

火の息が吹きこまれると同時に、着物の前をはだける。そして、下帯にも手をかけてきた。

乳房をむんずとつかむと同時に、下帯を取られた。弾けるように魔羅があらわれる。

「ああ、もう、こんなにして」

と、紫苑が魔羅をつかんでくる。

辰之介は、今だ、と紫苑の鳩尾(みぞおち)に握りこぶしをめりこませた。不意をつかれた紫苑はまともにくらい、ぐえっ、とうめき、こうべを垂れる。

辰之介は紫苑のうなじに手刀を落とした。紫苑はそのまま崩れていった。

辰之介ははだけた着物を脱ぎ、裸のまま座敷の真ん中に出た。そして、しゃがむと、畳をじっと見つめる。

座敷は十六畳ほどある。すべて畳を上げて確かめる前に、権田と愛華が戻って来たら、お終いだ。

なにかの跡が残っていないか、と畳に這(は)いつくばり、目を皿のようにして見つめる。が、わからない。

辰之介は着物の内側に入れていた千枚通しを出すと、真ん中の畳のへりに差しこむ。そして、畳の端を引きあげていく。

床板があらわれた。

四

権田はへこんだ形をした腰かけに座っている。

愛華は背後に立ち、お湯で濡らした乳房を背中にこすりつけている。

すでに乳首が勃ち、こすると、せつない刺激が走る。ときおり、

「あんっ」

と、甘い声を洩らしてしまう。

最悪だった。けれど、なぜか家臣に躰で奉仕していると躰が熱くなるのだ。

「魔羅も洗ってくれ、姫」

と、権田が言い、愛華は正面にまわる。権田の魔羅はそそり勃っている。権田の魔羅はいつ見ても、たくましい。それが、今の権田の力をあらわしていた。

そして、そんな魔羅を見ていると、この男には姫であっても逆らえないのでは、と思ってしまう。

「お口で、お洗いします」

と言い、愛華は権田の足下にひざまずく。そんな言葉がなぜか、すらりと出てしまい、そして割れ目の奥を疼かせていた。

これまでの人生で、人に傅くことは一度もなかった。男たちは、父である藩主を除いて、みな愛華に傅いてきたし、それが当たり前だった。

しかし今、国家老の足下に自ら膝をつき、そそり勃つ魔羅に唇をつけようとしている。

愛華はちゅっと先端にくちづける。すると、権田の魔羅がぴくっと動く。

愛華は舌をのぞかせると、反り返る根元から舐めあげていく。辰之介からは、なるべくときを稼いでほしい、と言われていた。

今ごろ、辰之介は座敷の畳を上げて、調べているだろう。今度こそ、不正の証が出てくるだろうか。出なかったら、かなりの怒りを買うはずだ。そのときこそ、生娘の花びらは散らされるだろう。

そのことを思い、愛華は割れ目の奥を疼かせる。

舌腹が裏すじを這う。

「ああ……姫……」

ここが魔羅の急所のようだ。このようなことにならなければ、おそらく一生、知ることはなかっただろう。

　愛華は咥えようと思ったが、まだはやい、と止める。ぺろぺろと先端を舐めていく。

「ああ、ああ……」

　鈴口から先走りの汁が出てくる。愛華はそれを舐める。まずかったが、不快ではなくなっていた。むしろ、躰の芯がむずむずしてくる。

「わしも、洗ってやろうぞ、姫」

　と、権田が言う。

「もっと、お口で洗わせてください」

「どうした、姫」

　愛華を見下ろす権田の目がきらりと光る。まずい。気づかれたか。

　愛華はなにも答えず、立ちあがった。なにか不審に思ったのなら、すぐに花びらを見せようと思った。そうすれば、権田の気は愛華の女陰に集中する。

　愛華は自らの指を割れ目に添える。そして、

「洗ってくださいますか、お殿様」

　と言うと、自らくつろげていった。

なにか疑いの目を愛華に向けていた権田の顔が、一変した。疑惑など吹き飛び、愛華の花びらを凝視する。

「はあっ、ああ……」

愛華は恥辱の息を吐く。屈辱に躰が震える。

「もっと開いて、姫」

権田の息を花びらに感じる。

愛華は言われるまま、割れ目をさらに開く。

辰之介、証は見つかったのか……。

権田が顔を寄せてきた。

「わしの口で洗ってやろう」

と言うなり、花びらにしゃぶりついてきた。

「う、うう……」

ぞろりと、権田の舌が繊細な粘膜を這う。

愛華は、藩のため、民のためだ、と耐える。ねちゃねちゃと舌が這う。

あまりのおぞましさに、愛華は権田を突き飛ばした。

「なにをする、姫」

「も、申し訳……ございません」

屈辱に耐えつつ、愛華は謝る。

すぐに権田が寄ってきた。愛華の花びらをもっと舐めたいのだ。

また、顔面を押しつけてきた。舌を入れ、ぞろりと舐める。

「う、うう……」

愛華は耐える。それに、処女花が気になった。まさか、舐められたくらいで散りはしないだろうが、心配になる。

「お殿様っ、そんなに激しくなさったら……処女花が……」

そう言うと、権田ははっとなり、口を引いた。

「そうだな。もう、洗うのはよい。座敷に戻るぞ」

「待ってくださいっ」

と、思わず愛華が呼び止める。

「どうした、姫。なにか、さっきからおかしいぞ」

権田が湯殿から出ようとする。

「待ってっ」

と、愛華は背後より抱きついていった。強く乳房を押しつけ、手を前に伸ばすと魔羅をつかみ、しごきはじめる。

「おう……」

権田が躰を震わせる。が、湯殿から出ようとする。

「もっと洗わせてくださいっ」

「いや、座敷に戻る」

と、権田が湯殿から出る。愛華は前にまわると、今度は正面から抱きついていって、権田の口に唇を押しつけた。

権田の躰が固まる。愛華はくなくなと唇を押しつける。

すると、権田が口を開いた。愛華は舌を入れていく。

舌をからめつつ、魔羅をしごきはじめる。

すると、権田の躰が震えはじめた。大量の先走りの汁が出てくる。愛華はこのまま射精させようと思った。ねっとりと唾を注いでいく。

「う、ううっ」

権田の腰がひくつき、愛華の手の中で、魔羅がぐぐっと膨張した。

次の刹那、精汁が噴き出した。

「う、ううっ」

火の息を愛華の口に吹きこみながら、どくどくと射精する。それは、愛華の恥部を直撃した。

すでに生娘の割れ目はぴっちりと閉じていたが、そこに、どろどろの精汁がかかっていく。

脈動が鎮まると、愛華は唇を引いた。

「ああ、また洗わないと……」

「あっ、姫……なんてことを……」

姫の割れ目をおのが精汁だらけにして、権田が目を見はる。

愛華が湯殿に戻ろうとすると腕をつかみ、止める。

「もう少し、このままで」

と言って、割れ目をどろりと垂れていくおのが精汁を、ぎらぎらさせた目で見つめる。

このまま権田に見せつけていたほうが、ときは稼げるが、はやく洗い流したくて、愛華は権田の手を振りきり、湯殿へと戻る。

桶を湯船に入れて、お湯を汲み出すと、股間にかける。精汁の臭いが鼻をかすめ、振り向くと、権田が立っていた。先端を精汁まみれにさせた魔羅は、はやくも反り返っていた。

「あっ、もう、そんなに……」

「その口で、洗ってもらえないか、姫」

愛華は権田をにらみあげた。ここで怒らせて、戻られてはまずい。

愛華は、はい、と返事をすると、精汁まみれの先端に唇を寄せていく。

それを見て、権田がさっと腰を引いた。

「やはり、なにか企(たくら)んでおるなっ。ああ、そうかっ。しまったっ」

と言うと、権田は愛華に尻を向け、湯殿の外へと向かおうとする。

愛華は、待ってください、と抱きつこうとするが、今度は払われた。あっ、と乳房を揺らし、愛華は崩れるも、すぐに立ちあがり、権田を追った。

五

「守谷っ、なにをしているっ」

どなり声とともに、裸の権田が座敷に戻ってきた。

辰之介は最後の一枚をめくりあげようとしていた。紫苑の裸体は廊下に出していた。

「なんだ、これはっ」

辰之介は構わず、畳をめくりあげた。

「こ、これは……」

床板の上に、ずらりと帳簿が並んでいた。二十冊はあるだろうか。

そのうちの一冊を手に取り、ぱらぱらとめくる。

「守谷っ」

鬼の形相の権田は刀かけより大刀を取ると、すらりと抜いた。

裏帳簿を手にしている辰之介に向かって、斬りかかってくる。素手の辰之介は下がる。

権田は魔羅を揺らしながら、斬りかかってくる。辰之介も裸であったが、魔羅は縮んでいた。

権田が大刀を突き出してきた。さっと飛んだが、足を取られ、辰之介は仰向けに倒れた。

「ここまでだ、守谷」

と、権田がとどめを刺そうとしたとき、

「権田っ、私が相手をするっ」

と、愛華が声をかけた。権田が振り向くと、脇差を持った愛華が立っていた。

愛華は裸のまま、正眼に構えている。

「姫、背後から斬れたのに、なぜに斬らなかった」

「私はそのような卑怯なまねはしない」

凛とした目で、愛華が権田を見つめている。それでいて、乳房も割れ目も剝き出しだ。乳首はつんとしこっていた。

辰之介はこのようなときなのに、姫の美しさに見惚れていた。

「権田双吉郎っ、公金横領の罪で捕らえるっ」

そう言うと、愛華は迫っていった。たあっ、と裂帛の気合をこめて、正眼より振り下ろしていく。

権田はそれを受けた。愛華はすぐに、腹を狙う。権田はぎりぎりそれも受け、弾く。

「きゃあっ」

と、廊下から悲鳴がした。紫苑が起きたのだ。刀を持つ権田と愛華を見て、目をまるくさせている。

権田はすぐさま廊下に走り、紫苑のほっそりとした腕を取ると、裸体を引きよせた。白い乳房に刃を向け、

「刀を下ろせ、姫っ」

と叫ぶ。

「権田、ここまで来て、そのようなまねはするな。おまえ、武士としての矜持(きょうじ)はないのかっ」

脇差を構えたまま、愛華が廊下に向かう。

「来るなっ、乳首が飛ぶぞっ」

切っ先が、紫苑の乳首に向いている。

「姫様っ、お助けくださいっ」

紫苑がすがるような目を向けてくる。

「恥を知れ、権田」

愛華がにじり寄ろうとすると、権田の切っ先が、すうっと乳輪の脇を動いた。

「ひいっ」

と、紫苑は悲鳴をあげる。乳輪の脇に鮮血がにじむ。

「案ずるな、紫苑。かすり傷だ」

と、愛華が言う。

「次は乳首が飛びますぞ、姫」

「姫様っ」

愛華は血がにじまんばかりに唇を嚙みしめ、刀から手を放す。畳にずぶりと突き刺さった。

それを見ると、権田は紫苑の裸体を愛華に向けて突き飛ばし、廊下を走り出す。

「辰之介っ」

と、愛華が叫び、はっ、と辰之介はあわてて起きあがり、権田を追う。魔羅はすっかり勃起していて、邪魔だった。

権田は玄関へと走っていく。雪駄(せった)を履(は)き、裸のまま外に出る。

「待てっ、権田っ」

辰之介も裸で追う。すると権田が立ち止まり、辰之介に向かって大刀を振ってきた。辰之介はあわてて下がる。そこに、乳房を揺らし、脇差を持った愛華があらわれた。

「往生際(おうじょうぎわ)の悪いやつだ。もう、あきらめるのだ、権田」

「姫……」

「さっき素手となった私をなぜ、斬らなかった」

せっかく刀を放させたのに、権田は逃げるだけだった。

「斬れません……私に……姫は斬れません」

さすがの権田も、かすかに忠義が残っていたか。

「刀を置け、権田」

権田は、ううむっ、とうなっていたが、刀から手を放した。

辰之介はすぐさま権田の腕を取り、ねじあげた。

脇差を構え、裸で立つ愛華の惚れぼれするような美しさに圧倒される。

それは権田も同じようで、ふたりして姫を見つめていた。

六

三月後――。

「高砂や、この浦舟に帆を上げて」

守谷家と早坂家の祝言が行われていた。

三三九度も終わり、能の謡が座敷に響きわたっている。

辰之介の隣に、白無垢(しろむく)姿の美菜がいる。今日は、いつにも増して美しかった。

国家老、権田双吉郎、勘定方組頭、牧野忠次は切腹を命じられた。

前任の国家老、松島宗忠は横領の件は表沙汰(おもてざた)にはせず、蟄居(ちっきょ)となった。

作事方の田端謙吾は役目を解かれ、謹慎の身となっている。

番方の山崎は番方の組頭に出世した。

そして、辰之介も勘定方の組頭を拝命された。


初夜。寝床で辰之介と美菜は向かい合っていた。辰之介は寝巻、美菜は白の肌(はだ)襦袢(ジュバン)姿だ。

「ご出世、おめでとうございます」

と、あらためて美菜が祝う。

「美菜のおかげだ」

「私の……ですか」

「そうだ。わしが迷っていたとき、美菜が背中を押してくれたのだ」

「そうでしたね」

「しかも、処女花が権田には効きます、とまで言っていたぞ」

「そうでしたか……恥ずかしいです」

美菜はほんのりと頬を染める。

初夜ではあったが、すでに美菜の処女花は散らされている。ふたりはすでに繋がっている。

「今宵がはじめてではなくて……ごめんなさい」

「なにを言う」

辰之介は美菜を抱きよせ、唇を奪う。すると、美菜の躰が震える。

いつもはすぐに唇を開くのに、今宵は閉じたままだ。

どうした、と見ると、閉じた目蓋から涙をにじませている。

「美菜、泣いておるのか」

「はい……」

美菜が瞳を開き、辰之介をじっと見つめる。

「幸せです」

幸せの涙でにじんだ瞳は、このうえなく美しかった。

「わしもだ、美菜」

そう言うと、ふたたび唇を奪う。今度は、美菜は唇を開いた。ぬらりと舌を入れる。

「うんっ、うっんっ」

すぐにぴちゃぴちゃと舌をからませ合う。

美菜が寝巻の腰紐に手をかけてきた。腰紐を解き、寝巻の前をはだける。

唇を引くと、ぶ厚い胸板に美貌を埋めてくる。

「ああ、辰之介様……」

美菜はすぐに乳首に舌を這わせてくる。

これは間違いなく、権田の屋敷での肉の宴の影響だ。あれがなかったら、今宵が真の初夜となり、口吸いも舌をからめることはなかったであろう。軽く唇を重ねただけで、すぐに挿入へと移ったかもしれない。

なんとも味気ない初夜の儀式になっていたはずだ。が、今は違う。

舌をからめつつ、美菜のほうから寝巻を脱がせ、今、乳首を吸っている。

「う、うう……」

辰之介はうなる。思えば、はじめて乳首を責められたのは湯殿でだ。紫苑にいじられ、感じてしまった。

紫苑は今、料理屋をはじめていた。それは表向きで、裏では客を取っているらしい。なにせ、権田の元側女（そばめ）である。かなり高額らしいが、夜ごと金に糸目をつけない好事家（こうずか）の相手をしているらしい。

おなごは強い、と思う。側女の座を追われて、失意の暮らしを送っているかと思えば、すでに夜の蝶（ちょう）となっているのだ。

美菜がちゅうっと乳首を吸ってくる。

「うう……」

辰之介はうめく。うめきつつ、美菜の肌襦袢の腰紐に手をかける。

結び目を解くと、前をはだけた。

美菜が乳首から美貌を引く。そして、自ら肌襦袢を脱いでいった。

まさか、こんな美菜を見られるとは。肉の宴を経験して、美菜は変わっていた。

味気ないはずの夜の営みが、人生最大の楽しみとなっている。

辰之介はたわわな乳房に顔を埋めていく。顔面が美菜の匂いに包まれる。

このときが、いちばん好きだ。

辰之介はやわらかなふくらみに、ぐりぐりと顔面をこすりつける。

「あ、あんっ」

美菜が甘い喘（あえ）ぎを洩らす。

喘ぎつつ乳首を摘まみ、ころがしてくる。

「うう……」

辰之介は美菜の乳に挟まれながら、うめく。ただ感じているだけではないのだ。感じつつ、相手にも快感を与えようとしている。

肉の宴を経験していなかったら、こんな美菜を見ることは絶対なかっただろう。しかも、辰之介は組頭に出世した。権田には感謝すべきなのか。

美菜が下帯に手をかけてきた。辰之介は乳房から顔を引く。すると、美菜が下帯を取った。弾けるように魔羅があらわれた。

とうぜん、辰之介の魔羅は勃起していた。いつから勃起していたのか。白の肌襦袢姿の美菜が寝間に入ってきたときからか。

「ああ、いつもたくましいですね、辰之介……」

そう言って、右手で胴体をつかんでくる。

「ああ、硬い……」

「そう言えば、いつも勃たせている気がするな」

「はい……だから、今宵はちょっと怖かったのです……」

ゆっくりと胴体をしごきつつ、美菜がそう言う。

「怖かった……なぜだ……」

「今宵から、夫婦として……だから……勃っていなかったらって、思って」

「そのようなことは絶対ないぞ、美菜」

美菜を相手にして勃たないなどありえない。

「うれしいです」

はにかむような笑顔を見せると、美菜が辰之介の股間に美貌を埋めてくる。

先端を咥え、じゅるっと吸うと、反り返った胴体をそのまま呑みこむ。

辰之介は、ううっ、とうなりつつ両手を伸ばし、美菜の乳房を掬うようにつかむ。そして、ぐぐっと揉みあげていく。

「うう……」

股間から美菜のうめき声がする。が、しゃぶるのは止めない。喘ぎつつ、吸っている。

辰之介は腰を突きあげてみた。

「うぐ……」

美菜は唇を引かない。辰之介はさらに腰を突きあげ、魔羅の先端で美菜の喉を突く。

「うぐ……うう……」

美菜は根元まで咥えたままだ。

辰之介は突きあげながら乳首を摘まむと、軽くひねった。

「あっ、あううっ」

唇を引きあげ、美菜が火の息を吐く。

辰之介は美菜を押し倒した。腰巻を取ると、剝き出しとなった割れ目をそろりと撫でる。

「ああ……辰之介様……」

美菜の下半身が震える。

辰之介は割れ目をなぞっていた指を上げていく。おさねを摘まんだ。

「あんっ」

美菜の裸体がぴくっと動く。初夜であるが、すでに美菜の躰はほぐされていた。

「ああ、こんな私で……よろしいのでしょうか」

感じやすいおのが躰を、美菜は恨めしく思っているのか。

もちろんよいぞ、と伝えるように、辰之介は美菜の恥部に顔を埋めると、おさねを口に含み、じゅるっと吸った。

「はあっん、やんっ」

美菜の躰がくねる。と同時に、おなごの匂いが漂いはじめた。ぴっちりと閉じた割れ目の奥から、にじみはじめていた。

辰之介がおさねを吸っていると、

「噛んで、ください……」

と、美菜が甘くかすれた声で言った。

噛むっ。乳首ではなく、おさねをかっ。

辰之介の口吸いの動きが止まる。

「ああ、噛んでください」

と、美菜がおねだりしてくる。

辰之介はおさねの根元に軽く歯を当てた。

「あ、ああ……辰之介様……」

美菜の躰が震えはじめる。女陰からの匂いが濃くなってくる。

辰之介は敏感な美菜の反応に煽（あお）られ、甘噛みしていく。

「あうっ、うう……」

美菜の躰ががくがく震えはじめる。

もしや、気をやるのか。いかんっ。初夜のはじめての気は魔羅でいかせるのだ。

辰之介はおさねから口を引いた。

「辰之介様……」

どうして、という目で美菜が見つめている。

「魔羅だっ、魔羅だぞっ、美菜っ」

と言うと、美菜の両足をぐっと開き、鎌首を割れ目に向ける。美菜の割れ目は閉じたままだ。

そこに鎌首を当てる。

「ああ、そうですね……魔羅で気をやりたいです」

よしっ、と辰之介は鎌首をぐっと埋めていく。

「あうっ」

美菜の花びらは燃えるようだった。すぐさま肉の襞(ひだ)が鎌首に貼(は)りつき、くいくい締めはじめる。

辰之介は狭い穴をえぐるようにして、進めていく。

「あっ、ああっ」

美菜が両腕を伸ばしてくる。

辰之介は奥まで貫きながら、上体を伏せていく。ぶ厚い胸板で乳首と乳房を押しつぶし、ずどんっと突いていった。

「ひいっ」

一撃で、美菜が声をあげた。

辰之介はずどんずどんと突いていく。これまた、肉の宴のおかげだ。

「どうだっ、美菜っ」

「あ、ああっ、気を……ああ、もう、気をやりそうですっ」

「よいぞっ、美菜」

「ああ、辰之介様もごいっしょにっ……ああ、辰之介様の精汁を浴びて……気をやりたいですっ」

形のよいあごを反らしつつ、美菜がそう言う。

「そうかっ」

辰之介は思いの丈(たけ)をぶつけるように、一撃一撃に力をこめて、美菜の女陰を突いていく。

「いいい、いいいっ、いいいっ」

「お、おう……」

凄まじい締めつけだった。それをえぐりつつ、さらに突いていく。

「あ、ああっ、気を……ああ、気を……ごいっしょにっ」

「あ、ああ、出るぞっ、ああ、美菜、出るぞっ」

「くださいっ」

辰之介はおうっと吠えて、精汁を噴き出した。

「ひいっ……い、いく……いくいく、いくうっ」

美菜のいまわの叫びが、外まで届いた。

コスミック・時代文庫

隠蜜姫 愛華

2023年4月25日　初版発行

【著 者】
八神淳一

【発行者】
相澤　晃

【発 行】
株式会社コスミック出版
〒154-0002 東京都世田谷区下馬 6-15-4
代表　TEL.03(5432)7081
営業　TEL.03(5432)7084
　　　FAX.03(5432)7088
編集　TEL.03(5432)7086
　　　FAX.03(5432)7090

【ホームページ】
http://www.cosmicpub.com/

【振替口座】
00110-8-611382

【印刷／製本】
中央精版印刷株式会社

乱丁・落丁本は、小社へ直接お送り下さい。郵送料小社負担にてお取り替え致します。定価はカバーに表示してあります。

ISBN978-4-7747-6465-8 C0193